Das Buch

Als der Debütroman von Ethan Hawke 1996 in den USA und 1997 in Deutschland erschien, überraschte er Kritiker und Publikum gleichermaßen. Ein Schauspieler mit echtem literarischem Talent und einer unvermuteten Sprachgewalt erzählt eine bewegende Liebesgeschichte, deren Zauber man sich auch heute nicht entziehen kann.

Auf geradezu elektrisierende Weise erzählt Ethan Hawke in seinem ersten Roman von der magischen Zeit der ersten Liebe: Als der 20-jährige Schauspieler William Harding in einer New Yorker Bar Sarah kennenlernt, katapultiert ihn diese Begegnung in einen ganz neuen Kosmos: Hin und her gerissen zwischen fiebriger Erwartung, Momenten von unvergleichlicher Zartheit und Tagen voller Unsicherheit erlebt er in nur drei Monaten sämtliche Höhen und Tiefen der ersten Liebe, den alles übertreffenden Irrsinn und den heftigsten Schmerz.

Mit erstaunlicher Offenheit und in einem betörenden Ton beschreibt Ethan Hawkes Erzähler William seine Liebe zu der eigenwilligen Sarah, berichtet von magischen Momenten und von Versagensängsten, von der ersten gemeinsamen Nacht, den ersten Streitereien. Er erzählt von wilden Wutausbrüchen und kühnsten Hoffnungen, die ausgerechnet auf einem Trip nach Paris begraben werden.

Der Autor

Ethan Hawke, geboren 1970 in Austin/Texas, wurde mit Filmen wie Der Club der toten Dichter, Gattaca und Boyhood einem großen Publikum bekannt. Für seine Rolle in Training Day erhielt er 2001 eine Oscar-Nominierung. Er ist Mitbegründer und künstlerischer Leiter der Malaparte-Theatergruppe und hat bisher zwei Romane veröffentlicht. Im Herbst 2016 erscheint »Regeln für einen Ritter«, Hawkes drittes Buch, auf Deutsch.

Der Übersetzer

Kristian Lutze, kam Ende der 1980er durch eine von ihm verfasste Romanbiografie über Raymond Chandler zum Übersetzen. Er lebt in Köln und hat, neben vielen anderen, Bücher von Martin Cruz Smith, Walter Mosley und Robert Wilson ins Deutsche übertragen.

Weitere Titel bei Kiepenheuer & Witsch

Regeln für einen Ritter, Aschermittwoch.

KiWi
1503

ETHAN HAWKE
HIN UND WEG

ROMAN

Aus dem
amerikanischen Englisch
von Kristian Lutze

Kiepenheuer & Witsch

Die Figuren und Ereignisse in diesem Buch sind fiktiv. Ähnlichkeiten mit realen Personen sind zufällig und nicht vom Autor beabsichtigt.

MIX
Papier aus verantwortungsvollen Quellen
FSC® C083411
FSC
www.fsc.org

Verlag Kiepenheuer & Witsch, FSC® N001512

1. Auflage 2016

Titel der Originalausgabe: *The Hottest State*

Aus dem amerikanischen Englisch von Kristian Lutze

Umschlaggestaltung: Sabine Kwauka
Umschlagmotiv: © Getty Images/Nathan Blaney
Autorenfoto: © Shane McCauley/TACK Artist Group
Gesetzt aus der Berling LT
Satz: Buch-Werkstatt GmbH, Bad Aibling
Druck und Bindung: CPI books GmbH, Leck
ISBN 978-3-462-04962-6

für lynn

Eins

Bevor ich in meiner alten Wohnung Möbel hatte, saß ich manchmal auf der Fensterbank und starrte auf New York City. Die einzige Aussicht bestand aus einem riesigen Wohnblock, und ich beobachtete, wie die Leute das Gebäude durch die verschiedenen Drehtüren betraten oder verließen. Klingt langweilig, und das war es oft auch, mein Blick verschwamm, bis ich mehr mein eigenes Spiegelbild als das kreisende Leben draußen betrachtete – aber manchmal, meist gegen Mitternacht, kamen die Paare von ihren Verabredungen um die Ecke geschlendert und hielten sich viel zu lange vor dem Haus auf. Ich saß da und beobachtete sie, versuchte, nicht zu viel zu rauchen, wartete auf meine Möbel und dachte: ›Yeah, ich bin wirklich hier, wenn jemand mich anrufen will, muss er die Vorwahl von New York City wählen.‹

Ich traf Sarah in einer Bar, dem Bitter End. Es war am 15. August. Rückblickend würde ich gern sagen, dass es Liebe auf den ersten Blick war, aber in Wahrheit war sie vermutlich nur ein interessanter Kontrast zu den beiden

Frauen, mit denen ich damals ausging. Der Name der einen Frau ist so peinlich, dass ich ihn hier nicht erwähnen werde, um mir mein kleines bisschen Glaubwürdigkeit zu bewahren. Das andere Mädchen ging mir einfach bloß tierisch auf die Nerven. Ich traf mich nur deswegen weiter mit ihr, weil sie die seltsame Fähigkeit hatte, mir das Gefühl zu vermitteln, es wäre ein gigantisches Versagen meinerseits, wenn ich sie verlassen würde. (»Ich kenne dich«, sagte sie immer.)

Sarah war gerade aus Seattle gekommen und mit ein paar Leuten da, die wir beide kannten. Nebeneinander platziert hatte uns ein Künstlerfreund von ihr, der darauf bestand, eine Vagina zu haben.

»Sarah glaubt nicht, dass Männer Vaginas haben«, sagte er.

»Ich weiß, dass ich keine habe«, sagte ich.

»Hast du wohl.«

»Nein, eigentlich bin ich mir sogar ziemlich sicher.«

Er sah mich beleidigt an, als hätte ich irgendwas nicht verstanden, und ließ uns beide allein.

»Hi«, sagte ich. »Ich bin William.«

Sie sagte gar nichts. Sie lächelte bloß und blickte zu Boden. Sie war vollkommen ruhig. Ihr ganzer Körper, ihre Augen, ihre Brüste, ihre Arme und Hände, die ordentlich in ihrem Schoß lagen, waren ruhig. Nur ihr Haar tanzte in undisziplinierten Locken aus der Reihe, als gehörte es nicht zu ihr. Ihre Haut war unnatürlich weiß, und ihre Nase wirkte in ihrem Gesicht fehl am Platz. Man könnte wohl sagen, dass sie komisch aussah.

Wir lauschten einer Band, die ich schon zigmal gehört

hatte, und ich redete die ganze Zeit auf sie ein, sagte Sachen wie: »Die nächste Nummer musst du dir anhören, die ist super.« Wahrscheinlich habe ich das über jeden einzelnen Song gesagt, den sie gespielt haben. Ich hörte etwa bis zum Ende des Intros zu und stürzte mich dann in einen Monolog darüber, was für ein prickelnder Typ ich war (manchmal öde ich mich selbst an), und sie lächelte freundlich, während sie sich ihre komischen Haare um die Ohren wickelte.

»Ich rede nur Scheiße«, sagte ich, »glaub kein Wort von dem, was ich sage. Ich bin Schauspieler. Ich dachte bloß, ich erzähl dir das gleich, damit du später nicht enttäuscht bist. Hast du je Raumschiff Enterprise gesehen?«

Sie antwortete nicht.

»Nun, ich bin so ähnlich wie Spock … in dieser Folge, wo er den Replikanten erzählt, dass alles, was er sagt, gelogen ist. Und sie sagen: Aber wenn alles, was du sagst, gelogen ist, dann lügst du jetzt auch, weil du die Wahrheit sagst, und das heißt, du lügst, und dann quillt Rauch aus ihren Ohren, und sie haben eine Funktionsstörung, und er kann entkommen. Weißt du, du machst auf mich einen ziemlich steifen Eindruck, und ich will bloß sichergehen, dass du kein Replikant bist.«

»Du bist seltsam«, sagte sie.

»Ja, das bin ich«, sagte ich. »Aber du fühlst dich auf unerklärliche Weise zu mir hingezogen, stimmt's?«

Sie sah mich an.

»Du hast schöne Zähne«, sagte sie. »Schöne schiefe Zähne.«

»Danke.«

»Du hast wirklich eine total merkwürdige Energie«, sagte sie. Daran kann ich mich noch genau erinnern.

»Energie?«, sagte ich. »Ich wusste nicht, dass wir Wörter wie Energie verwenden. Und wann habe ich dich überhaupt um dein Urteil gebeten?«

»Ich weiß nicht, mir kommt es bloß so vor, als ob du eine Menge Aufmerksamkeit brauchst.«

»Ach ja?«

»Ja. Bist du nervös?«, fragte sie.

»Nein. Warum sollte ich nervös sein?«

»Ich weiß nicht.«

»Also, ich bin nicht nervös«, sagte ich.

Wir schwiegen und sahen beide wieder der Band zu.

»Okay, ja«, sagte ich. »Ich bin dauernd nervös. Ich weiß nicht, warum.«

»Ich auch«, sagte sie.

Ich fing wirklich an, sie zu mögen. Aus Prinzip widersprach ich allem, was sie sagte. Sie war auf die Cornell University gegangen – das brachte uns eine Weile über die Runden. Sie stammte aus Farmington, Connecticut, hatte nur Bücher von schwarzen Autorinnen gelesen und gerade eine dreijährige Beziehung beendet. Ich war verliebt.

Wir saßen lange da und redeten über Musik. Ich konnte nicht alles verstehen, was sie sagte, aber ich beobachtete sie. Ich bemerkte, wie sich ihre Augen bewegten und wie sie mich diesen Tick zu lange ansah – mein ganzer Körper wurde still. Sie hatte offenbar Angst, mit der Kellnerin zusammenzustoßen. Ihre Schultern wölbten sich über ihre Brüste, wenn sie sich, bemüht, mich zu verstehen, vorbeugte. Ich erklärte ihr, dass ich Angst hatte, der Mensch zu werden, der zu sein ich in der Highschool vorgetäuscht hatte.

Als ich erwähnte, dass ihre Freunde gegangen waren, sagte sie: »Ich weiß.«

»Dann gefällt dir die Band also?«, fragte ich. Der Lead-Sänger hatte sich mittlerweile bis auf eine gepunktete Boxer-Shorts ausgezogen und tanzte über die Bühne.

»Eigentlich nicht«, sagte sie.

»Warum bist du dann noch hier?«

Sie sah weg – vielleicht lächelte sie.

»Kann ich dich nach Hause bringen?«, fragte ich.

Ich brachte sie durch den dunklen Washington Square Park nach Hause, ohne ihre Hand zu halten, ich ging einfach neben ihr her, langsam, während meine Augen die Bewegungen der Stadt um uns aufnahmen. Polizeiwagen kurvten im Schritttempo um den Park, Studenten der N.Y.U. lungerten um den stillgelegten Brunnen herum, tranken Wein und zerschlugen Glasflaschen, aus dem Gebüsch zischten die Penner: »Coke? Smoke?«

»Eigentlich bin ich Texaner«, sagte ich und trat aus dem Schatten ins Licht, das vom Washington Monument zurückstrahlte. »Ich habe nur meine ersten fünf Lebensjahre dort verbracht, aber ich kann mich daran erinnern. Manchmal möchte ich dorthin zurückkehren und leben wie ein echter Mann, der im Holzlager einkauft, weißt du, und mit irgendeinem Typ namens Jimbo rumflachst. ›Ganz schön heiß heute, was, Jim?‹ Und er sagt: ›Aber hallo.‹«

Ich hatte keine Ahnung, wohin diese Vorstellung führen sollte, ich redete nur wirklich gern mit ihr.

»Dann komme ich nach Hause, pfeif die Hunde an, reparier irgendwas, was kaputt ist, bis es so heiß wird, dass ich Feierabend mache. Ich setz mich auf die Veranda vorm Haus und leg die Füße hoch – Fliegengitter gibt's keine, obwohl ich schon seit Jahren verspreche, welche anzubringen. Ich trage ein T-Shirt mit Dr.-Pepper-Flecken, zünde mir eine Marlboro an, mach mir ein Bier auf, klimper auf meiner Gitarre herum und nuschel einen Song, dessen Text ich nur halb kenne.« Sie sah mich, scheinbar interessiert, an, doch vor allem achtete sie darauf, wo wir langgingen.

»Dann kommt meine Frau aus der Haustür, in einem alten ausgeblichenen Kleid, das ganz träge im Wind flattert, weißt du?« Sarah nickte. »Sie singt leise vor sich hin, lehnt sich an einen dieser Verandapfosten und sagt: ›Junge, heute war es echt heiß.‹ – ›Aber hallo‹, antworte ich, stell die verdammte Gitarre ab, trete hinter sie und umarme sie – und es fühlt sich schön an, obwohl wir beide verschwitzt sind, und dann fangen wir ganz langsam wie aus Versehen an, uns zu küssen.«

Ich erzählte ihr meinen von der Stadt inspirierten Traum vom Leben auf dem Lande, während wir im Schatten der schmutzigen Bäume Manhattans weiter durch den Park gingen.

»Was macht deine Frau?«, fragte sie.

»Was macht sie?«

»Ja, was macht sie, während du dich im Holzlager vergnügst?«

»… ich weiß nicht.«

»Ich glaube, du solltest aufpassen«, sagte sie, streckte die Arme aus und drückte sie rasch wieder eng an ihren Körper, »sie könnte eine Affäre mit Jimbo haben.«

»Meinst du?«, fragte ich.

»Ich will bloß sagen, du solltest in deiner Fantasie vielleicht noch ein wenig Platz lassen.«

Ich weiß noch, wie ich genau in diesem Augenblick Angst bekam, dass ich mich, sollte ich je mit ihr schlafen, mit meinen mickrigen Talenten als Liebhaber vor ihr blamieren würde – dieses Haar, der perfekt übergewichtige Körper, das lose sitzende grüne Kleid, die Beine wundervoll umhüllt von einer passenden grünen Strumpfhose – all das war wahrscheinlich mehr Frau, als ich bewältigen konnte.

»Und was ist deine Geschichte, hm?«, fragte ich. »Was willst du?«

»Am liebsten würde ich mein Leben damit verbringen, in einem Zimmer zu sitzen und Songs zu schreiben.« Sie sagte das wie jemand, der nicht auf besonders viele Partys eingeladen worden ist.

»Muss man sie nicht irgendwie jemandem vorspielen?«

»Nein, das ist der Teil, wo man sich den ganzen Stress machen muss, von wegen was die Leute über einen denken.«

»Das kann dir doch egal sein.«

»Ich weiß, aber es ist leichter, wenn erst gar keiner kommt«, sagte sie. Sie sprach langsam und bedächtig und beobachtete dabei, wie sich die Sohlen ihrer Schuhe leicht auf das Pflaster drückten. »Außerdem kenne ich eigentlich niemanden.«

»Mich kannst du kennen«, sagte ich.

»Ja?«, fragte sie ungläubig.

»Ja, ich bin unkompliziert«, sagte ich.

Ihre Mundwinkel verzogen sich zu einem verstohlenen, schelmischen Lächeln. »Mag sein«, sagte sie, »aber ich bin mir immer noch nicht sicher, dass ich dich zu mir einladen will.«

Ein Bullenauto rollte hinter uns her und verkündete über den Lautsprecher auf dem Dach: »Der Park wird jetzt geschlossen, Kinder, turtelt zu Hause weiter.«

Ich winkte ihnen zu, leicht verärgert, dass sie uns als Kinder bezeichnet hatten, doch ich glaube, Sarah war es peinlich, dass sie das Wort ›turteln‹ benutzt hatten. Sofort stapfte sie voraus, aus dem Dunkel des Parks durch den hell erleuchteten Bogen des Washington Monument. Manchmal stelle ich mir vor, dass der Torbogen ein Fenster zwischen New York und Paris ist, und wenn ich nur richtig hindurchgehen könnte, würde ich auf den Champs-Élysées landen.

»Was machst du? Wovon oder wofür lebst du oder was auch immer?«, fragte ich und hastete ihr ins Licht und durch das Monument hinterher.

»Im Moment habe ich einen Job, bei dem ich auf ein paar Kinder aufpasse, aber eigentlich bin ich Sängerin.«

»Echt? Singst du in einer Band?«

»Das hab ich auf dem College gemacht. Dann hab ich ein Jahr aufgehört und bin nach Seattle gegangen, aber ja, deshalb bin ich zurückgekommen.«

»Spielst du ein Instrument?«

»Eigentlich nicht, ich meine, ja, ich spiele Gitarre und

Klavier, aber nicht vor Leuten ... ich bringe ja kaum den Mut auf zu singen. Vor einem Klavierabend in der Highschool habe ich mir mal die Hand gebrochen, um nicht vorspielen zu müssen.«

»Was soll das heißen, du hast dir die Hand gebrochen?«

»Ich hab meine Hand in den Türrahmen gesteckt, und meine beste Freundin Gaby musste die Tür zuschlagen. Sie war nicht wirklich gebrochen, aber immerhin knallblau angelaufen.«

»Diese Gaby war deine beste Freundin?«

Sie lächelte, und etwas an ihrem Gesichtsausdruck weckte in mir die Lust zu lachen. Ihre Lippen waren nur ein bisschen zu groß und zu rot für ihr Gesicht. Sie wollte unbedingt, dass ich sie mochte.

»Das ist nicht dein Ernst?«, fragte ich.

»Doch.«

Und so war es. Ich mochte dieses Mädchen. Ich mochte die Art, wie sie mit ihrem Rucksack auf dem Rücken ging. Sie hatte den erotischen Gang eines einfachen irischen Bauernmädchens. Beim Reden schien sie ständig im Begriff, die Hände zur Hilfe zu nehmen, hielt sich dann aber immer zurück.

Außerdem konnte ich mich selbst in ihrer Nähe besser leiden, als ich mich in letzter Zeit leiden gemocht hatte. Als ich sie fragte, wohin wir gingen, sagte sie 111 East 10th Street. Genau das Gebäude, das ich so viele Stunden von meinem Fenster aus beobachtet hatte.

»Von meinem Fenster aus kann ich deine Haustür sehen«, sagte ich.

Als wir vor ihrem Haus ankamen, fühlte ich mich, als hätte ich eine Bühne betreten. Sie zeigte auf mein Apartment, wir lächelten uns verlegen an und fingen an, unsere jeweiligen Rollen zu spielen.

Ich stopfte meine Hände in die Taschen der braunen Wildlederjacke, die ich immer trug, und begann wie wild auf sie einzureden. Sie fummelte am Saum ihres Kleids herum, verlagerte ihr Gewicht von einem Fuß auf den anderen und lachte bereitwillig. Sie hatte ein wundervolles Lachen. Ihre ganze Stimme, die Art, wie sie sprach, klang wie wunderschönes unbehandeltes Holz. Sie war gleichzeitig weich und hart. Ich wollte nicht, dass sie mir entglitt.

Ich griff nach ihrer Hand, verfehlte sie jedoch und bekam gerade noch ihren Ärmel zu fassen. Als ich das tat, blickte sie erschrocken auf und setzte sich auf der Stelle hin. Sie ließ sich auf die Treppe vor dem Haus fallen, nahm ihren Rucksack ab und zog ein Buch heraus.

Na großartig, dachte ich.

Das Buch hieß *The Fact of a Doorframe* von Adrienne Rich.

»Ist Adrienne Rich schwarz?«, fragte ich.

Sie lächelte. Ich setzte mich neben sie und hörte zu, wie sie mir ein paar Gedichte vorlas, irgendwas über die Unmöglichkeit der Männer. Beim Lesen kräuselte sie die ganze Zeit ihre Nase und kratzte sie, was mich sehr ablenkte.

Ich fing an, ein Gregory-Corso-Gedicht zu rezitieren, das ich auswendig kannte (alle vier Seiten, wie ich hinzufügen könnte), ein Gedicht über das Verhältnis von

Liebe und Ehe: »Nicht dass ich zur Liebe nicht fähig wäre, nur finde ich die Liebe so seltsam wie Schuhe tragen.«

Wenn ich uns von meinem Fenster aus beobachtet hätte, wäre ich vor Erwartung verrückt geworden und hätte mit den Fäusten gegen die Wand getrommelt.

Als sie anfing, mit ruhiger, fester Stimme das nächste Gedicht vorzulesen, das Buch mit beiden Händen im Schoß haltend und ohne an ihrer Nase herumzuspielen, unterbrach ich sie mitten im Satz mit einem Kuss. Sie erwiderte ihn mit all dem Feuer, all der Wärme, der Feuchtigkeit und echten Wonne, die sich ein junger Verliebter nur wünschen konnte – Augenblicke später standen wir, taumelten und stießen gegen die Drehtüren – und küssten uns, küssten uns wieder und immer wieder. Diese schüchterne Frau mit ihrem wilden widerspenstigen schwarzen Haar schwebte jetzt drei Zentimeter über dem Boden in meinen Armen. Ich hielt sie so fest, liebkoste ihre Lippen, ihre tiefroten feuchten Lippen, ohne zu merken, dass ich sie hochgehoben hatte. Wir mussten einen Moment innehalten und unsere Fassung wiedergewinnen, weil ein neugieriger Türsteher seinen Kopf durch die Tür steckte, um nach dem Rechten zu schauen.

Sarah machte einen Schritt zurück, strich ihr Haar hinter die Ohren und zupfte ihr Kleid wieder züchtig zurecht. Ihre Hand lag sanft über ihren Brüsten, als müsste sie zu Atem kommen. Eine volle irische Röte überzog ihr Gesicht und ging in das Rot ihrer Lippen über.

Wir sahen uns an und lösten uns voneinander, beide ein

wenig benommen. Unsere Blicke trafen sich. Zum Teufel mit dem Türsteher. Wir küssten uns noch einmal.

Ein alter Mann drückte sich mit verstohlenen Blicken an uns vorbei und schleppte sich ins Haus. »Also wirklich«, hüstelte er.

Sarah sammelte sich wieder und versuchte ein ernstes Gesicht zu machen.

»Wo ist mein Buch?«, fragte sie.

»In meiner Hand.« Ich hielt es ihr hin.

»Du hast das Buch festgehalten, während du mich geküsst hast«, sagte sie.

»Ja, hab ich.« Wir verabschiedeten uns nicht, sie griff bloß nach ihrem Buch, verstaute es ordentlich in ihrem Rucksack und trat ins Haus.

Als ich wieder an meinem Fenster stand und auf die Tür hinabblickte, die jetzt ihre war, hatte ich das tiefe Gefühl, dass sich mein Leben verändert hatte. Wirklich. Wie ein kleiner Junge, der spät nachts im Bett wach liegt, an die dunkle Decke starrt und zum ersten Mal begreift, dass er, selbst er, sterben wird. Das Gefühl, die letzten Worte eines großartigen Romans gelesen zu haben, das letzte Bild vor der Abblende eines fantastischen Films.

Wenn ich heute, mit Möbeln in meiner neuen Wohnung, zurückblicke, wird mir klar, dass ich recht hatte, mein Leben hatte sich verändert. Allerdings nicht so, wie ich gedacht hatte. Ich hatte nicht die Frau getroffen, mit der ich alt und grau werden würde – ich war zwanzig, und als ich einundzwanzig war, hatte ich ein gebrochenes Herz. Das wusste ich damals noch nicht. Ich starrte bloß aus dem Fenster, fragte mich, welches Licht ihres war, nahm ein riesiges Stück Papier, schrieb mit einem schwarzen Edding in großen fetten Blockbuchstaben GUTEN MORGEN darauf und hängte es ins Fenster.

Zwei

Jedes Mal wenn meine Mutter sich mit mir zu einem ernsten Gespräch an den Küchentisch setzte und darüber lamentierte, wie schlecht ich in der Schule war, sagte ich: »Hey, hör mal, Mom, das wird schon werden. Ich mag die Schule einfach nicht, aber das Leben mag ich.« Sie wurde wütend und meinte, dass die Welt so nicht funktionieren würde. »Na, für mich schon«, sagte ich dann.

Ich bekam ein Stipendium fürs College und fühlte mich bestätigt. Meine Mutter wurde nur noch trauriger. Sie sagte, ich sollte vorsichtig sein, weil ich ein Bluffer wäre, und es gäbe keine traurigere Gestalt auf Gottes Erde als einen gut aussehenden Bluffer, weil ihm alles in den Schoß fiel, ohne dass er je etwas Gescheites damit anfangen würde.

Nach etwa einem halben Jahr schmiss ich das College und zog nach New York. Dort lebte ich jetzt seit etwas mehr als einem Jahr, arbeitete ziemlich regelmäßig als Schauspieler (ich zahlte meine Miete selbst) und konnte deshalb erhobenen Hauptes meine Tage verbummeln.

Die meiste Zeit hing ich mit einem befreundeten Stückeschreiber namens Decker rum.

Decker war groß und schlaksig mit langen, fettigen, dunklen Haaren, aber einem sehr attraktiven Gesicht. Er hatte scharf geschnittene Züge und ging immer leicht vorgebeugt, als müsste er sich den Weg durch irgendwas bahnen. Er litt seit frühester Kindheit an Arthritis, sodass seine Gelenke ein bisschen zu groß waren und wegen der Medikamente, die er ständig nahm, gut geölt wirkten. Er zappelte dauernd irgendwie rum.

Er war der jüngste von acht Brüdern, und seine Mutter hatte sich umgebracht, als er fünfzehn war. Eines Tages hatte sie ihm das Frühstück gemacht und ihn gefragt, ob er nicht blaumachen könnte, um ihr Gesellschaft zu leisten. Er sagte, er würde eine wichtige Arbeit schreiben, was nicht stimmte, und ließ sie allein. Sie war sehr launisch, manchmal war sie ihm richtig unheimlich. An jenem Tag hatte er es aus irgendeinem Grund besonders eilig, nach Hause zu kommen. Dort fand er seine Mutter. Sie hatte sich selbst die Kehle aufgeschlitzt.

»Meine Mutter war wie viele gute Katholiken: Sie mochte Babys und Blut. Sie wollte ihre Kuh gleichzeitig melken und schlachten. Und, ich meine, am Ende hat sie sie dann geschlachtet«, so ging ein Witz, den ich ihn oft erzählen hörte.

Manchmal trafen wir uns um zwei oder drei Uhr nachts in einer Pizzeria am St. Mark's Place und redeten, bis die Sonne aufging. Er war der schlaueste Mensch, den ich je getroffen habe. Er gab mir alle möglichen Bücher, die ich immer so schnell wie möglich las, um mit ihm darüber sprechen zu können, bevor er das Interesse verlor.

Wir lernten uns kennen, als ich in einem Stück mitspielte, das er geschrieben hatte. Es hieß *The Poem is You* und handelte von einem Haufen Brüder auf der Beerdigung ihrer Mutter. In diesem Stück mitspielen zu dürfen, war eines der wenigen Dinge, die mir an der Schauspielerei je Spaß gemacht haben.

Wir beide waren den ganzen Juni über in einer, wie wir es nannten, »unermüdlichen Mission zur Befreiung der Mautwächter Amerikas« quer durchs Land gefahren. Als Kind hatte Decker immer Mautwächter werden wollen – er dachte, sie dürften das Geld behalten.

Nach dem Tod seiner Mutter recherchierte er zum Thema Selbstmord und fand heraus, dass Mautwächter nach Zahnärzten die zweithöchste Selbstmordrate hatten. Und auch wenn er nach wie vor kein echtes Mitgefühl für Zahnärzte aufbrachte, empfand er doch eine geradezu irritierende Nähe zu all den geschundenen Mautwächtern. Wenn wir also mit einem in Kontakt kamen, begrüßte er ihn oder sie jedes Mal mit fast schwachsinnigem Enthusiasmus.

»Hey, wie geht's denn so?«, fragte er einen übergewichtigen Mann in einem Mauthäuschen im Norden des Staates New York.

»Gut.«

»Alles in Ordnung?«

»Bestens. Das macht einen Dollar fünfundzwanzig, bitte.«

»O ja, klar. Sagen Sie – wie weit ist es noch bis zu den Niagara-Fällen?«

»Ungefähr hundert Meilen«, sagte der Typ und wartete auf sein Geld.

»Müssen schön sein, die Niagara-Fälle?«, stimmte ich ein.

»Nachts sind sie okay«, meinte er, »weil sie von ganz vielen Scheinwerfern angestrahlt werden, wisst ihr? Aber tagsüber ist es einfach nur eine Menge Wasser.«

»Sie sind doch nicht depressiv, oder?«, fragte Decker.

»Seit ihr beiden zwei Witzbolde oder was?«

Wir fuhren einmal quer durchs Land und zurück, ohne irgendwo länger als eine Nacht zu bleiben. Das heißt, Decker fuhr nie. Er hatte nicht einmal einen Führerschein. Er erledigte seinen Teil der Arbeit, indem er unkontrolliert redete.

Auf der Fahrt nach Chicago las er mir die ganze Nacht, die langen, dünnen Beine und die knochigen Knie gegen das Armaturenbrett gedrückt, im Licht einer am Rückspiegel befestigten Taschenlampe mit wilder Leidenschaft *Heinrich V.* vor, in voller Länge. Am nächsten Morgen war seine Stimme ziemlich hinüber, weil er gegen das Gedröhn unseres 83er Toyotas angebrüllt hatte. In Chicago beschloss Decker, dass er das Grab seiner Mutter besuchen wollte, etwas, was er bisher nie getan hatte. Während wir versuchten, die Ortschaft am Stadtrand von Chicago zu finden, in der er aufgewachsen war, leerten wir still eine Flasche Wild Turkey, und Decker entwarf einen Brief an seine Mutter. Er schrieb etliche Fassungen, las sie mir mit seiner kratzigen Shakespeare-Stimme vor und fragte mich, welche ich besser fand. Es waren hauptsächlich Auflistungen von Dingen, die er getan hatte, er erzählte ihr von den Mädchen, die er mochte, stellte mich vor, fragte sie, ob sie sein Stück gesehen hätte, und erklärte ihr, dass er das Gefühl hatte, dass sie es gesehen hätte. Ich erklärte ihm, dass für mich alle Versionen gut klangen. Als wir fast da waren, verfiel er auf die Idee, dass der Brief getippt werden müsste.

»Meine Mutter war ein echter Ordnungs-Fanatiker«, meinte er lachend.

Wir gingen zu einem Pfandleiher, und ich versuchte die Besitzerin mit Small Talk über den Weg zum Friedhof und gute Billard-Salons in der Gegend bei Laune zu halten, während Decker sich im hinteren Teil des Ladens vor eine alte mechanische Schreibmaschine hockte, die zu verkaufen war, und schnell seinen Brief tippte.

Wir fuhren auf den Friedhofsparkplatz, und Decker entschied, dass er es doch nicht tun könnte. Er sagte, ich sollte rasch rüberlaufen und den Brief hinterlegen. Ich erklärte ihm, dass er es selbst machen müsste, weil er es sonst gleich hinterher bereuen würde. Doch er beharrte darauf, und schließlich gab ich nach.

Ich brauchte fast eine Stunde, um das Grab zu finden, während der Wind von Illinois mir so kräftig in die Augen blies, dass ich die Namen kaum lesen konnte. Als ich das Grab schließlich gefunden hatte, sah ich, dass in den Grabstein ein in Glas gefasstes Bild von ihr eingelassen war. Sie war wunderschön. Sie hatte ein rundes, junges Gesicht. »Der Mutter, Schwester und Ehefrau«, lautete die Inschrift. Ich wollte den Brief dalassen und mich so schnell wie möglich vom Acker machen, aber so wie der

Wind wehte, wusste ich, dass er den Brief sofort wegblasen würde, wenn ich ihn einfach ablegte. Ich kniete mich hin, stemmte mich gegen die Böen und fing an mit den Händen zu graben. Ich hatte schreckliche Angst, Deckers Mutter könnte ihre Hand aus der Erde strecken und nach ihrem Sohn verlangen, aber ich wollte wenigstens so tief graben, dass ich den Brief sozusagen einpflanzen konnte, damit er nicht weggeweht wurde.

Als ich ihn schließlich ordentlich unter einem Grasbüschel deponiert hatte, saß ich einen Moment lang da und fühlte mich leicht betrunken, entweder von dem Wild Turkey oder vor Angst. Während der Wind mir die Haarsträhnen ins Gesicht blies, dachte ich, noch immer auf Knien, dass ich zum ersten Mal einen richtigen Freund hatte. Es war nicht das erste Mal, dass ich so abgedrehten Mist machte, aber ich hatte es noch nie für jemand anderen getan.

Als ich zum Wagen zurückkam, fragte Decker mich nicht, warum ich so lange gebraucht oder was ich wegen des Windes unternommen hatte. Er saß einfach schweigend da, als wir losfuhren. Ein paar Meilen jenseits der Staatsgrenze von Illinois fing er dann an, sich darüber auszulassen, was für eine unterschätzte Band AC/DC war.

Als ich in jenem Sommer zurück nach New York kam, hatte ich für eine kleine Rolle in einem Low-Budget-Film, der in Paris gedreht werden sollte, vorgesprochen und den Part bekommen. Frankreich hörte sich cool an.

Als ich Sarah kennenlernte, zog ich schon seit Längerem durch die Stadt, trank viel und wartete darauf, dass es losging. Das letzte Mädchen, mit dem ich geschlafen hatte, war mir in einer Bar im East Village über den Weg gelaufen, die *The Cherry Tavern* oder so ähnlich hieß. Ich hatte mich von Decker und einem ganzen Haufen seiner Freunde losgeeist, nur um dort zu landen und für mich alleine weiterzutrinken. Im hinteren Teil stand ein kleiner Billard-Tisch, und nach ein paar Minuten kam dieses Mädchen in einem engen schwarzen Minirock, ihr T-Shirt zwischen den Brüsten verknotet, auf mich zu und fragte, ob ich ihr Partner sein wollte. Wir spielten ein paar Spiele, und unsere Hände berührten sich ein bisschen zu oft. Ich fing an, ihr bei ihren Stößen zu helfen, die Hand auf ihrer nackten Taille, während ihr Hintern sich an meinem Schenkel rieb. Irgendwann kam sie zu dem Barhocker, auf dem ich saß, beugte sich ganz weit vor und flüsterte mir direkt ins Gesicht: »Ich würd dich gern um den Verstand ficken.« Wahrscheinlich war ich zu betrunken, um zu merken, wie schockiert ich eigentlich war, aber ich ging trotzdem mit ihr nach Hause.

Den ganzen Weg die Treppe hoch befummelten wir uns, sodass wir, sobald wir in ihrer Wohnung waren, einfach losvögelten. Irgendwann unterbrach sie mich, stand nackt auf, ging ins Bad und fing an zu kotzen. Sie kann nicht älter als neunzehn gewesen sein. Ich bin sicher, sie war jünger als ich.

Sarah war gerade erst in der Stadt angekommen und wohnte vorübergehend bei einigen Freunden gegenüber, bis sie in ihre neue Wohnung konnte. Gleich am Abend nach unserem ersten Treffen trat sie in derselben Bar, dem

Bitter End, auf. Ich nahm Decker mit, damit er sie sich anschauen konnte. An diesem Abend sah er aus wie ein Junkie. Seine Haare trieften vor Fett, und sein langer, schlaksiger Körper wirkte vor Schlafmangel ganz ausgezehrt. Als wir reinkamen, war der Laden gerammelt voll mit Leuten, die sich alle gegenseitig zu kennen schienen.

Ich sah Sarah. Sie stand neben der Bühne und fummelte an ein paar Kabeln und einer Box herum, während sie versuchte, ein Gespräch mit zwei anderen Mädchen in Gang zu halten. Die Kabel hatten sich verheddert, und sie stolperte ständig über ihre eigenen Füße.

»Das ist sie«, erklärte ich Decker.

»Welche?«, fragte er.

Ich weiß noch, wie schockiert ich war, als er das fragte. Welche?, dachte ich. Wie konnte er das nicht wissen?

»Das Mädchen gleich da vorne, das mit den Kabeln herumspielt.«

»Ja«, antwortete er. »Süß.« Er schenkte ihr überhaupt keine Beachtung. »Was meinst du?«, sagte er. »Denkst du, dass es was Ernstes wird? Ich meine, denkst du, ich sollte ein paar andere Damen anrufen?«

Ich beobachtete Sarah, die verzweifelt so tat, als würde sie sich dafür interessieren, was die beiden Mädchen sagten.

»Was ist denn mit ihren Haaren?«, fragte Decker.

»Ich weiß. Total verkorkst, was?«, sagte ich grinsend.

Ich ging zu ihr rüber. Decker kämpfte sich an die Bar vor. Ich war mir ziemlich sicher, dass Sarah wusste, dass ich da war, bevor sie sich zu mir umdrehte.

»Hi«, sagte sie.

»Nett, dich zu sehen«, sagte ich. »Wie war noch mal dein Name?«

»Du weißt meinen Namen nicht mehr?«

»War bloß ein Witz.«

Sie lächelte nicht. Wir musterten uns schweigend. Sie hatte noch immer die verhedderten Kabel in der Hand und sah mich an, als hätte ich sie beim Klauen erwischt.

»Das ist nicht witzig«, sagte sie. »Ich bin ein bisschen nervös.«

Das konnte man sehen. Sie stand vollkommen still, während ihre Blicke durch den Raum wanderten. »Wie hast du herausgefunden, dass wir auftreten?«

»Ein paar Leute haben es mir erzählt.«

»Wirklich? Warum?« Sie wirkte ein bisschen kurzatmig.

»Weil ich nach dir gefragt habe.«

»Wirklich? Warum?«

»Weil ich vielleicht gehofft habe, dich wiederzusehen.« Unser Gespräch geriet ins Stocken, ihr Blick ruhte auf mir. Ich klopfte meine Taschen nach Zigaretten ab.

»Du siehst echt nett aus«, sagte sie mit vollkommen ausdruckslosem Gesicht. »Ich wusste nicht, dass du eine Brille trägst.«

»Na ja, gestern Abend habe ich sie ja auch nicht aufgehabt.«

Sie sagte lange Zeit gar nichts.

»Konntest du erkennen, wie ich aussehe?«, fragte sie dann.

»Manchmal trage ich Kontaktlinsen.«

»Oh«, sagte sie. »Wie sehe ich jetzt aus?« Sie ließ die Kabel fallen und richtete sich gerade auf, die Arme an den

Körper gedrückt. Ich betrachtete sie. Sie trug einen grünen knöchellangen Rock und ein graues Baumwoll-T-Shirt mit einer kleinen sowjetischen Flagge über der linken Brust. Sie hatte den Kopf leicht nach links gelegt und knabberte an ihrer Unterlippe. Ihre Augenbrauen waren buschig und ungezupft. Ihre Stirn war wie zur Entschuldigung gerunzelt, doch ihre Augen überstrahlten alles. Selbst im düsteren Kneipenlicht konnte ich erkennen, dass sie grün waren. Sie war definitiv die umwerfendste Frau, die ich je gesehen hatte. Später sollte ich ihr das oft sagen, weil es wahr war. Doch in diesem Moment brachte ich nur ein »Du siehst gut aus« heraus.

»Ich fühl mich hässlich«, sagte sie noch immer ohne jeden Ausdruck im Gesicht. »Und mein Mikro funktioniert nicht.«

»Du siehst nicht hässlich aus.« Ich bückte mich, um nach den Mikrofonkabeln zu sehen. Sie kniete sich neben mich, ihr Gesicht und ihr Atem ganz nah an meinem.

»Hi«, sagte sie.

»Hi«, antwortete ich.

Ich reckte und drehte meinen Hals, um ihr den Knutschfleck zu zeigen, den sie am Abend zuvor dort hinterlassen hatte.

»O mein Gott«, kreischte sie ein wenig lauter als beabsichtigt und bedeckte den Knutschfleck mit ihren Händen. »Hab ich das gemacht?«, flüsterte sie.

»Ja.« Ich spürte ihre weichen Hände an meinem Hals. Ich wollte sie küssen und ihr sagen, dass sie bitte nicht nervös sein sollte, weil ich sicher war, dass sie großartig sein würde.

»Bist du verrückt?«, fragte sie.

»Nein.«

Sie fing nervös an, den Knutschfleck zu begutachten, als hätte sie Angst davor.

»Machst du so was öfter?«, fragte sie, während wir beide vor der Bühne am Boden hockten. Noch immer drängten weitere Menschen in den Laden.

»Was?«

»Mädchen küssen?«

Ich wusste nicht, was ich darauf antworten sollte.

»Ach, vergiss es«, sagte sie. »Natürlich tust du das.«

Ein großer, dünner Schwarzer mit großem Zylinder kam an und sagte: »Hey, Sarah, ich denke, in ungefähr zehn Minuten fangen wir an. Ist das okay?«

»Prima«, sagte sie, sprang auf und stürmte mit langen Schritten durch die Menge in Richtung Toilette.

»Alles in Ordnung mit ihr?«, fragte er.

»Ja. Ich glaube, mit ihrem Mikro stimmt irgendwas nicht.«

»Sag ihr, dass ich mich darum kümmer.«

»Danke«, sagte ich und ging ihr nach.

Ich wartete vor der Toilettentür auf sie. An der Tür klebte eine kleine Figur mit einem Kleid. Ich kam mir irgendwie vor wie eine kleine Klebefigur mit Hosen. Ich kannte sie nicht gut genug, um einfach reinzustürmen, aber genau das wollte ich unbedingt. Als eine Frau herauskam, hielt ich die Tür mit dem Fuß auf und rief leise ihren Namen.

»Sarah? Ähm … hey. Der Typ meinte, er würde sich um die Sache mit dem Mikro kümmern.«

Dann hörte ich sie leise flüstern: »Komm her.«

»Was?«, wiederholte ich.

»Komm her«, wiederholte sie leise und drängend.

Vorsichtig betrat ich die Damentoilette. Ich sah mich im Spiegel und wünschte mich auf der Stelle woanders hin. Wieder hörte ich ihre Stimme. »Komm hierher«, flüsterte sie. Die Tür zu einer der Kabinen stand einen Spalt offen. Ich ging hinein und schloss sie hinter uns. Sarah war blass. Der Raum war hell. Wir standen uns direkt gegenüber und sahen uns im Neonlicht an. Sie stand mit dem Rücken zur Toilette, ich mit dem Rücken zur Tür. Ich glaube, wir kamen uns beide ein bisschen albern vor.

»Ich benehme mich lächerlich«, sagte sie, als würde sie jemand anderen ausschimpfen.

»Ja«, erwiderte ich. Wir schwiegen.

»Leihst du mir deine Jacke?«, fragte sie.

»Klar«, sagte ich und versuchte in dem beengten Raum meine Jacke auszuziehen. Es war meine braune Wildlederjacke, die ich immer trug, egal, wie heiß es war. Ich war der Typ Fünfjähriger, der noch in der texanischen Hitze bei knapp vierzig Grad eine Jeansjacke getragen hatte, weil er glaubte, dass es cool aussehen würde. Aus irgendeinem Grund war ich glücklich, ihr die Jacke zu geben. Sie hielt sie mit beiden Händen.

»Das mit dem Knutschfleck tut mir leid«, sagte sie, wieder zu mir aufblickend, ihr Gesicht direkt unter meinem. Ich spürte ihren Atem kühl in meinem Gesicht. Ich wollte sie küssen, doch ich war verlegen.

»Das ist wirklich absolut in Ordnung«, sagte ich.

»Okay, du solltest jetzt wohl besser gehen.«

»Klar«, sagte ich. Ich hatte von Anfang an keine Ahnung, was ich hier tat. Ich war gerade im Begriff, mich umzudrehen und zuzusehen, wie ich hier wieder herauskam, als sie »Hey« rief.

Ich wandte mich wieder um und sah sie an.

»Nun …, ähm …«, stotterte sie und blickte zu Boden. Ich streckte die Hand aus, fasste ihr Kinn und wollte ihr ein schnelles Viel-Glück-Küsschen geben, doch sobald unsere Lippen sich berührten, streckte sie mir die Zunge in den Mund. Meine Jacke noch immer in beiden Händen, reckte sie den Hals. Ich stieß mit dem Bein gegen den Klopapierhalter, und wir polterten gegen die Seitenwand der Kabine. Verglichen mit ihrem kühlen Mund waren ihre Lippen ganz heiß.

Sie hielt inne und wischte sich mit meiner Jacke eine Strähne aus dem Gesicht.

»Du solltest jetzt wohl wirklich besser gehen«, sagte sie und fuhr sich mit dem Handrücken über ihre Lippen.

»Viel Glück«, sagte ich.

»Danke«, sagte sie und versuchte mich anzulächeln. Ich öffnete die Kabinentür, drehte mich noch einmal um und sagte: »Tu einfach so, als ob du jemand anders wärst.«

»Was soll das heißen?«, fragte sie, und ihre Stimme rutschte eine halbe Oktave nach oben.

»Denk einfach an deine Lieblingssängerin. Tu für eine Weile so, als ob du sie wärst, und dann merkst du wahrscheinlich auf einmal, dass du einfach du selbst bist.«

»Ich glaube nicht«, sagte sie.

»Na ja, dann versuch trotzdem wenigstens ein bisschen Spaß zu haben«, sagte ich und ging raus.

Als ich wieder neben Decker an der Bar stand, sah ich nach unten und bemerkte, dass meine Hände zitterten.

Sie stand mit gesenktem Kopf, die Augen niedergeschlagen, ohne Gitarre, nur das Mikrofon vor sich, in der Mitte der Bühne. Sie hatte die Händen in den Ärmeln meiner Jacke zu Fäusten geballt, und schaute, bevor der Song anfing, nur einmal kurz auf, als ob sie durch den ganzen Laden hindurchstarren würde.

Ich lief hinter der Menge auf und ab, beobachtete sie und rauchte Zigaretten.

»B-I-T-T-E hört auf, mich anzugucken«, schien ihr ausweichender Blick zu flehen. Aber eben weil sie Auftritte so hasste, war es besonders toll, ihr dabei zuzusehen.

Die Band war dieselbe, mit der sie auf dem College zusammen gewesen war.

»Frisch aus Seattle«, wurde sie vorgestellt, »Miss Sarah Wingfield.«

»Das ist meine Jacke, die sie da anhat«, sagte ich zu dem Typ neben mir.

Im Lauf des Sets löste sie ihre Hände von den Ärmelaufschlägen meiner Jacke und begann, rundere Gesten zu machen, hob die Hände an ihre Brust und ließ sie dann wieder neben den Körper sinken. Ihre sanfte Stimme schluckte den ganzen Raum.

Als der Auftritt vorbei war, erklärte Decker mir, dass er aus dem Laden raus wollte. Ich sagte, dass ich noch bleiben würde.

»Pass auf dich auf«, meinte er.

»Was soll das heißen?«, fragte ich.

»Ich weiß nicht«, erwiderte er. »Jede Menge blöder Schnösel hier«, fügte er noch hinzu und ging.

Ich schlüpfte hinter die Bühne, und vor den Augen von einem Haufen Leute, die sich um die Band scharten, steckte ich Sarah einen Zettel zu, auf dem mit einem roten Kellnerinnenstift geschrieben stand: »DU BIST SO VERDAMMT SCHÖN.« Sie biss sich auf die Lippe und guckte weg, aber sie lächelte.

Ich hing noch ein paar Stunden rum und trank mit Sarah und ihren Freunden von der Cornell University. Hinter der Bühne fanden wir eine dunkle Ecke, um uns noch mal zu küssen. Sie machte jedoch ziemlich klar, dass an Rumknutschen nicht zu denken war, solange uns jemand dabei sehen konnte.

»Fandest du, dass ich gut war?«, fragte sie.

»Ich fand dich ziemlich gut.«

»Ziemlich gut?«

»Du warst super.«

»Wirklich?«

Ich prustete los. »Ja«, sagte ich. »Jedenfalls für ein weißes Mädchen.«

»Ich war ziemlich gut«, sagte sie.

In dem dunklen Raum, in dem wir uns versteckten, war es schwer, irgendwas zu erkennen, aber ich wusste, dass sie träumte, dass sie im Kopf ihren Auftritt noch einmal abspulte und lachte. Ich hatte noch nie gesehen, dass sie froh und zufrieden mit sich war, und ich fühlte mich sehr geschmeichelt.

»Ich mag dich«, sagte sie. »Du bist ein netter Junge.«

»Ach ja? Danke. Du bist ein nettes Mädchen.«

»Siehst du, ich kann genauso sein wie du«, sagte sie und setzte eine arrogante Pose auf.

»Was soll das heißen?«

»Ich weiß nicht. Wenn ich singe, bin ich tough, und meine Zähne werden so verrückt schief wie deine. So ein Gefühl habe ich jedenfalls.« Sie riss die Fäuste hoch wie ein Preisboxer.

»Wenn du so tough und hart bist, solltest du mir vielleicht meine Jacke wiedergeben?«

»Nein, die gehört mir«, sagte sie, drehte sich um und rannte weg.

In jener Nacht konnte ich kaum schlafen bei der Vorstellung, ihr dabei zuzusehen, wie sie all die Dinge tat, die sie vor dem Schlafengehen vielleicht machte.

Am nächsten Nachmittag lud ich sie ins Kino ein. Wir fuhren mit der Linie 1 bis zum Lincoln Center. Auf der Fahrt Richtung Uptown saßen wir uns gegenüber. Sie las die Reklame über meinem Kopf, ich sah sie an.

»In einem Monat muss ich weg«, sagte ich.

»Wirklich? Warum?«

»Ich, ähm, spiele in einem Film mit.«

»Wirklich? Wie lange wirst du weg sein?«

»Nur ein paar Wochen.«

»Oh … Du bist echt Schauspieler?«

»Ja.«

»Und macht es dir Spaß?«

»Es ist das Einzige, worin ich je gut war.«

Sie sagte lange Zeit nichts, spielte mit einem silbernen Herzen, das an einer Kette um ihren Hals hing, und starrte es an.

»Wohin musst du denn?«

»Nach Paris«, sagte ich. Die U-Bahn hielt, und ein paar Leute stiegen zu. Ich stand auf, ging über den Mittelgang und setzte mich direkt neben Sarah. Sie redete leiser weiter, während sie mit den Fäden spielte, die aus meiner Jeans fransten.

»Das klingt doch ziemlich spaßig, oder?«, sagte sie.

»Willst du heiraten?«, fragte ich sie. Es kam einfach so über meine Lippen.

»Was? Du und ich? Nein.«

»War bloß ein Witz«, sagte ich.

»Sei vorsichtig«, sagte sie, während die U-Bahn uns weiter voranschaukelte.

»Wie meinst du das?«

»Sag nur einfach nichts, was nicht wahr ist. Das musst du nicht, glaub mir«, sagte sie und blickte zu mir auf.

»Das werd ich nicht.«

»Ich glaube, ich bin ziemlich empfindlich.« Sie fing an, eine Wimper aus meinem Gesicht zu streichen.

»Okay«, sagte ich.

»Und du machst mir Angst.«

»Warum?«

»O bitte«, sagte sie, balancierte die Wimper auf einer Fingerkuppe und platzierte sie, weil sie nicht wusste, was sie sonst damit anfangen sollte, behutsam auf ihre Zunge.

»Ich dachte nicht, dass ich so etwas noch einmal empfinden würde«, sagte sie.

»Was empfindest du denn?«

Ein flüchtiges Lächeln.

»Ich hab Angst«, sagte sie und zog ihre Füße hoch, bis

sie im Schneidersitz auf dem roten Plastiksitz der U-Bahn hockte. »Pass nur auf, dass du nichts versprichst, was du gar nicht meinst.«

»Versprochen«, hätte ich fast gesagt. Aber dann beschloss ich zu warten, bis ich sicher war, dass sie mir glauben würde. Ich selbst glaubte mir schon vollkommen.

Die U-Bahn hielt wieder.

»Ich glaube nicht, dass ich das kann«, lachte sie.

»Was?«

»Dieses ganze Ding. Jemanden treffen, ihn mögen. Es ist alles so … ich weiß nicht. Ich bin gerade erst angekommen«, sagte sie. »Wahrscheinlich werde ich weglaufen und dir wehtun.« Sie spielte wieder mit meiner Jeans.

»Du kannst mir nicht wehtun. Vertrau mir. Ich mein das ernst. Das ist ja Teil des Problems.« Ich versuchte, ruhig zu wirken. Ich würde um nichts bitten. Ich war völlig selbstgenügsam. Sie musste nur bei mir bleiben und meine Witze anhören.

Mein ganzes Leben hatte ich es nicht geschafft, Mitgefühl für etwas aufzubringen, auch wenn ich es gerne wollte. Ich war der Vater von zwei Abtreibungen gewesen, beide Male mit meiner ersten Freundin Samantha. Wir waren ein schrecklich fruchtbares Paar. Die erste Schwangerschaft passierte, als wir beide überhaupt je zum ersten Mal mit jemandem schliefen. Samantha sagte mir bis zehn Minuten nach der Abtreibung nichts davon, dass sie schwanger war. Ich erklärte ihr, dass ich sie geheiratet hätte, aber ich weiß nicht; wir waren erst sechzehn. Das zweite Mal wurde sie ein Jahr später schwanger, kurz bevor wir beide aufs College gingen. Ich schickte ihr bloß 750 Dollar.

Sarah und ich stiegen aus der U-Bahn und rannten die Rolltreppen zum Kino im Lincoln Center hoch. Sie zeigten noch einmal *Herzkönig*. Den ganzen Film über beobachtete ich, welche Stellen sie komisch fand. Sarah sah bloß auf die Leinwand, während ich mich umschaute, mit dem silbernen Herz an ihrer Halskette spielte und versuchte, ihr Ohr zu küssen.

»Hey, Alter«, sagte sie immer wieder. »Guck den Film.«

Ich erzählte Sarah, dass meine Eltern geheiratet hatten, als meine Mutter sechzehn war, und sie bis zu ihrem neunzehnten Geburtstag schon wieder geschieden waren.

Ich erzählte Sarah, dass meine Mutter mir abends vor dem Schlafengehen immer den Rücken abgerubbelt hatte. Eines Abends, als ich zwölf oder dreizehn war, hörte meine Mutter plötzlich auf und sagte: »Ich kann das nicht mehr machen, William, verstehst du.«

»Was meinst du damit?«

»Ich kann dir deinen Rücken nicht mehr so abrubbeln.«

»Warum nicht?«

»Na ja, es gefällt dir zu sehr … Du bist der Typ Junge, der Mädchen schwängert.«

Ich hatte keine Ahnung, wovon sie redete, aber sie rubbelte mir den Rücken nicht mehr ab.

Ich erzählte Sarah von Samantha und unseren beiden Abtreibungen, die die Prophezeiungen meiner Mutter absolut bestätigt hatten.

Ich erzählte Sarah alles, was mir nur einfiel.

Sie war schweigsamer, zurückhaltender mit ihren Informationen. Sie wählte jedes Wort, das sie sagte, mit Bedacht, wenn sie nicht gerade schläfrig war. Dann plapperte sie endlos vor sich hin. Sie erzählte mir von Finnegan, ihrem Hund, dem magischen Finnegan, Bezwinger all ihrer Kindheitsängste. Sie erzählte mir Geschichten von ihrem Jahr in Seattle, allein und zu schüchtern, den gut aussehenden Typ auch nur anzusprechen, der jeden Tag um zwanzig nach zwölf hereinkam und ein Truthahn-Sandwich zum Mitnehmen bestellte. »Ich mag Truthahn-Sandwiches«, wollte ich schreien.

Am Sonntag, unserem vierten Tag zusammen, gingen wir in den Zoo im Central Park und sahen Gus zu, dem Eisbären, der endlose Runden in seinem kleinen Becken drehte.

»Er hat einen so freundlichen Gesichtsausdruck, dass man nicht traurig wird«, sagte sie, »darüber, dass ein so großer Kerl auf so engem Raum eingesperrt ist, verstehst du.« Wir standen nebeneinander und sahen zu, wie er in seinem Becken herumschwamm, hinauskletterte, das Wasser abschüttelte, wieder hineinsprang und alles von vorn machte. Als es zu regnen anfing, rannten wir nicht, sondern schlenderten einfach durch den Regen die 5th Avenue hinunter.

»Weißt du, was ich machen werde?«, fragte ich.

»Was?«

»Ich werde einen Wagen kaufen, einen alten mit einem großen Armaturenbrett, und dich nach Nashville fahren, dich in die Grand Ole Opry bringen und einen Star aus dir machen.«

»Ja? Meinst du?«

»Wir werden von Wolf's Chili und Zitronenbrause leben. Ich werde zu den Radiosendern gehen und verlangen, dass sie sich anhören, wie du singst. Sie werden denken, ich hab eine Macke, aber dann kommst du rein in irgendeiner Garderobe, die wir gestohlen haben – das beste von Woolworth.«

»Woolworth?«

»Ja, es werden harte Zeiten sein.«

Wir wurden nass. Ihr T-Shirt war durchgeweicht und betonte die Rundungen ihrer Brüste. Ich fing an zu rennen und über den nassen Bürgersteig zu schlittern. Ich hatte diese alten, ramponierten Schuhe an, die fast keine Sohle mehr hatten und mit denen man super schlittern konnte.

»Pass auf den Verkehr auf«, rief sie. Sie hatte ihre Schuhe ausgezogen und hielt einen in jeder Hand. Sie tapste barfuß durch die Pfützen, ihren verrückten Rucksack noch immer auf dem Rücken.

»Kann ich auch Johnny-Cash-Songs singen?«, fragte sie und lief mir nach.

»Willst du mich verarschen? Unten im Süden sind sie total verrückt nach Johnny Cash.«

»Ich will aber auch kein zu großer Star sein, okay?«

»Nein, nicht zu groß – gerade richtig.«

Sie rannte und versuchte in mich hineinzuschlittern, kam aber mit ihren nackten Füßen irgendwie ins Stolpern. Ich fing sie auf und küsste sie.

»Ich möchte, dass du bei mir einziehst.« Diese Sachen kamen weiter einfach so aus meinem Mund. »Ich meine, zumindest bis deine neue Wohnung frei ist oder so.«

Regen tropfte aus ihren Locken, das Wasser drückte

ihre Haare ganz platt, sodass ihr Gesicht nur aus ihren Augen zu bestehen schien.

»Ich habe hier unten eine Narbe.« Sie zeigte auf eine Stelle direkt unter ihrem Bauchnabel. Ihr nasses Kleid klebte an ihrer Haut. Sie war sexy. Ihre Schenkel und Hüften, ihre schmächtigen Schultern, alles war klatschnass.

»Das macht nichts«, sagte ich. »Das ist schon okay. Ich hab nichts gegen Narben.«

»Ja, dann würde ich total gern bei dir einziehen«, sagte sie. »Ich meine, bei dir wohnen, bis meine Wohnung fertig ist.«

»Gut. Das wäre also abgemacht«, sagte ich.

»Ja.« Sie nickte, und Wasser tropfte von ihrer Nase.

Ich überlegte, ihr einen fetten, feuchten Kuss zu geben, doch stattdessen rannte ich vor und schlitterte durch eine riesige Pfütze. Als ich mich umdrehte, streckte sie die Arme hoch in die Luft und ließ sich von oben bis unten nassregnen, ihre Brüste, ihren Mund und ihre triefenden glatten Haare.

Am Mittwochabend hatten wir uns kennengelernt, Samstagnachmittag fragte ich sie, ob sie bei mir einziehen wollte, und am Sonntag waren auf einmal Blumen in meiner Wohnung, und aus der Stereoanlage kamen weibliche Stimmen. Ich fand es toll.

Ich kann mich nicht mehr erinnern, wie ich an jenem Sonntagmorgen aufgewacht bin – vielleicht hatte ich gar nicht geschlafen. Ich saß nur im Bett und sah Sarah beim Schlafen zu. Sie hatte nackt in meinem Bett geschlafen, mir aber nicht erlaubt, sie anzufassen. Das war mir egal.

Ich liebte es, ihr beim Schlafen zuzusehen. Das Licht fiel durchs Fenster auf mein altes Bett, über die blauen Laken und auf ihr Gesicht. Ich hob das Laken an und beobachtete, wie sich ihre Brüste mit ihrem Atem bewegten. Auch sie schienen zu schlafen. Ich hoffte, dass sie nicht aufwachte. Ich deckte sie wieder zu und zog das Laken bis an ihr Kinn. Ich blickte auf und sah mich in meinem Zimmer um.

So muss Beten sein, dachte ich.

Drei

Mein Vater wohnte in einem kleinen Häuschen im Ranchhaus-Stil an der Pecan Avenue 3119 direkt östlich von Fort Worth, Texas. Er wohnte dort mit seinem Freund »Bruder« Taylor. Von Bruder Taylor weiß ich nur noch, dass er oft in Unterwäsche auf unserem Sofa saß und seinen behaarten Bauch streichelte. Wenn ich fragte, warum er keine Hose anhatte, antwortete er nur, sein Bauch würde wehtun.

In der Auffahrt stand ein ramponierter grauer 64er Plymouth Barracuda. Wir nannten ihn »den Wolf«, weil seine Stoßstange völlig verbogen war, sodass es aussah, als hätte er Fangzähne. Auf dem Hof oder vielleicht auch auf dem Dach trieb sich unser Kater Jake herum. Jake war ein harter Bursche. Er hatte nur ein Auge. Wenn ich ihm auf den Fuß trat, tat er ganz cool, als ob es ihm gar nichts ausmachen würde, wartete ungefähr eine halbe Stunde, bis ich entspannt vor der Glotze hing oder irgendwas, bevor er auf mich losging und mir das Bein übelst zerkratzte. So ein Kater war er. Jake war der Coolste, dachte ich und wünschte mir, auch einmal so cool zu werden wie er. Mein

Dad war auch cool. Er war groß und ziemlich schwer. Er hatte sich seit drei Jahren weder rasiert noch die Haare schneiden lassen. Er erklärte mir, dass er das erst wieder tun wollte, wenn meine Mutter zu ihm zurückkam.

Meine Mutter kam nicht zu ihm zurück. Sie holte mich ungefähr jeden zweiten Sonntag bei ihm ab, doch sie weigerte sich, auch nur einen Fuß in dieses Haus zu setzen. Das hatte sie uns beiden erklärt. Ich war unglaublich gern in diesem Haus. Wir aßen immer nur Wolf's Chili und tranken Brause. Die einzigen Möbel waren eine riesige braune Couch, ein Fernseher, ein paar Gartenmöbel und ein Steinway-Flügel. Es gab auch noch andere nette kleine Sachen wie Serviettenhalter, die mit zotigen Limericks bedruckt waren, Hunderte von Dr.-Pepper-Dosen und elegante alte Standaschenbecher. Überall roch es nach Kool-Zigaretten.

Wenn ich mir nicht gerade alte Western ansah, meine Spielzeugpistolen in sorgfältiger Vorbereitung auf die Hinrichtung der Schurken griffbereit, saß ich am liebsten unter dem Flügel, während mein Vater spielte. *The Red-Headed Stranger* von Willie Nelson kannte er komplett auswendig, immer wieder gab er seine Version des Albums zum besten. Soweit ich es verstand, handelten die meisten Lieder von so einem Typen, diesem rothaarigen Fremden, der seine Frau so vermisst, dass er sie schließlich umbringt. Das ganze Wochenende versuchte mein Dad, mir diese Lieder beizubringen, um mich dann sonntags um fünf wieder zu meiner Mutter zurückzuschicken. Als mein Vater in der Pecan-Avenue lebte, war ich fünf Jahre alt und er vierundzwanzig.

Am letzten Wochenende, das ich mit ihm zusammen verbrachte, bevor meine Mutter und ich aus Texas wegzogen, gingen wir, gleich als ich kam, zu einem Friseur. Er wollte sich endlich rasieren und die Haare schneiden lassen. Als er fertig war, erkannte ich ihn nicht wieder und fing an zu weinen.

Er trug mich zu dem Barracuda, und wir saßen nur da. Wenn man einstieg, war es immer bullenheiß in dem Wagen. Die Luft stand still, und es roch nach verbranntem Vinyl. Wir saßen lange schwitzend da, die Sonne knallte durch die schmutzigen Fenster. Mein Vater hatte nicht mal die Zündung angelassen.

Er drehte sich zu mir um und sagte: »Hör mal, William, du und deine Mutter, ihr beide zieht weg, und ich kann nicht nachkommen. Ich kann nicht, weil, ähm … ich nicht kann. Es bringt mich um. Es bringt mich wirklich um. Verstehst du das?«

Ich verstand es nicht. Sein Gesicht sah so anders aus, und ich konnte nicht mal seine Stimme erkennen. Die ganze Zeit rieb er sich so fest die Augen – zu fest, dachte ich.

»Wenn ich ein bisschen Geld zusammenhabe, werde ich versuchen, dich so oft wie möglich rüberfliegen zu lassen, aber sehr oft wird das nicht sein, okay? Nicht so oft, wie ich will, verstehst du? Das darfst du nie vergessen, ja? Ich bin nicht derjenige, der aus Texas wegzieht, okay?«

»Okay«, sagte ich. Ich hatte wirklich keine Ahnung, wovon er redete. Ich schwitzte nur wie verrückt.

»Du solltest deine Jacke ausziehen, William«, sagte er. »Willst du deine Jacke nicht ausziehen?«

Vier

Zuerst kauften wir eine Matratze. Das fand ich sehr aufregend. An diese Matratze knüpfte ich hohe Erwartungen. Sarahs Wohnung war jetzt frei, und ich half ihr beim Einziehen. Bereitwillig schleppte ich ihre Matratze in den vierten Stock. Ich wollte so dringend mit ihr schlafen, dass ich kaum noch mit ihr reden konnte. Wir fummelten stundenlang herum, manchmal sogar die ganze Nacht, aber wir hatten noch nie miteinander geschlafen. Ich hatte das Gefühl, einer Prüfung unterzogen zu werden. Und ich konnte weder Decker noch sonst jemandem erzählen, dass sie mich nicht ranließ. Es schien lächerlich.

Sarahs Wohnung bestand nur aus einem Zimmer und einem langen Flur, der zum Bad und zur Wohnungstür führte. Ich trug die Matratze rein, legte sie ab und sah Sarah barfuß in ihrem grünen Kleid auf dem Holzfußboden sitzen. Sie betrachtete die Wände. Ich stellte mich hinter sie und versuchte mir vorzustellen, was sie dachte. Das einzige Geräusch war das Rascheln der Blätter in der warmen Brise vor ihren beiden kleinen Fenstern. Draußen fing es an, nach Schule zu riechen. Ich spürte, dass der Sommer zu Ende ging. Ich wusste, wie viel es Sarah bedeutete, eine eigene Wohnung zu haben. Ich wollte, dass sie in ihrer eigenen Wohnung saß und einfach nur lauschte. Ich wollte nicht, dass sie ein einziges Teil die verdammte Treppe hochschleppen musste. Ich hatte nur den Wunsch, in ihr zu sein und ihr in die Augen zu sehen.

Ich rannte die Treppe runter, um ihre übrigen Sachen zu holen. Ich bekam langsam Angst, dass ich mich vielleicht in eine Frau verliebt hatte, die sich nie erlauben würde, mich genauso zu lieben. Manchmal wurde ich wütend, aber ich versuchte, es nicht zu sein. Es war ein gutes Gefühl, ihre Sachen zu tragen. Es beruhigte mich.

Eine von Sarahs neuen Nachbarinnen kam vorbei und klopfte an die Tür. Sie war eine alte südamerikanische Dame, die seit 37 Jahren in dem Haus wohnte. Sie schenkte uns ein paar in Alufolie eingepackte Brownies. Sie sagte, wir sähen aus wie ein nettes Paar.

Als alle Sachen aus der Lobby in Sarahs Zimmer hochgebracht waren, setzte ich mich auf ihre Fensterbank und rauchte eine Zigarette.

»Ich finde, wir sollten heute Abend anstreichen«, sagte sie.

»Bist du nicht müde?«, fragte ich hoffnungsvoll. »Ich bin vollkommen platt. Warum trinken wir nicht einfach ein Bier und probieren dann vielleicht mal diese Matratze aus? Wir können auch noch morgen früh anstreichen.«

»Ich finde, wir sollten heute Abend streichen«, wiederholte Sarah, stand auf und setzte sich auf die andere Fensterbank.

»Okay, klar, ja, Anstreichen ist toll«, sagte ich ein bisschen sauer.

»Na, was willst du denn tun?«

»Du weißt, was ich will. Aber Anstreichen klingt auch ganz nett.« Ich war mir selbst zuwider. Ich schmollte tatsächlich. Ich hasste es, in meinem eigenen Körper zu sein. Ich dachte an meine Zeit in der 9. Klasse und daran, wie mich Geschichten über Typen angekotzt hatten, die mit Mädchen Schluss machten, bloß weil sie sie nicht ins Bett kriegten. Ich hätte mein Fahrrad dafür gegeben, nur mit einem dieser Mädchen zu reden.

Ich machte mich daran, die Farbeimer zu öffnen, und schnappte mir eine Rolle, während sie mir mit einem Pinsel folgte. Sarah zog sich ein altes T-Shirt mit einem französischen Schriftzug über. Es war rot und schmiegte sich eng an ihre Brüste, als wollte es mich verhöhnen. Ich fragte sie, was die Worte bedeuteten, und sie erwiderte lächelnd: »Ich kann gar nicht genug kriegen.«

Ich zog mein Hemd aus. Sarah verzierte mich mit einer Kriegsbemalung von zwei blauen Streifen auf jeder Wange, und ich malte mit dem Finger ein Oval um ihre Augen.

Ich bin ein miserabler Anstreicher. Ich lasse mich sehr leicht ablenken. Wir hatten noch keine halbe Stunde gestrichen, als sie schon einen riesigen blauen Handabdruck auf dem Hintern und einen zweiten direkt auf dem französischen Wort über ihrer linken Brust hatte.

»Kommst du dir dabei besonders männlich vor? Häh? Ist es das?«, fragte sie und bedrohte mich mit ihrem Pinsel. Mit den Ovalen um ihre Augen sah sie aus wie die Irre aus dem Norden.

»Ja, genau«, sagte ich.

»Dann mach dich mal lieber ernsthaft an die Arbeit, Alter, weil wir bestimmt nicht ins Bett gehen, bevor die ganze Wohnung blau ist.«

Noch nie hat es einen enthusiastischeren Anstreicher gegeben.

Als wir praktisch fertig waren, hockte Sarah noch vor einer Steckdose und setzte die letzten Tupfer. Sie hatte ihre Haare zu einem Dutt hochgebunden. Ich sah, wie ein klarer Schweißtropfen ihren Nacken hinunterlief und sich unter ihrem T-Shirt versteckte.

Ich ging zum Kühlschrank, nahm ein Bier heraus, machte es auf und drückte die kalte Dose an ihre Wange.

Sarah hatte einen kleinen Radiorekorder, auf dem sie eine von ihren Mix-Kassetten abspielte. Wir fingen an zu tanzen oder eher unser Gewicht von einem Fuß auf den anderen zu verlagern. Ich spreizte meine Finger auf ihrem Rücken und hoffte, dass meine Hand sich kräftig anfühlte. Sie küsste meinen Hals und lehnte sich mit ihrem ganzen Gewicht gegen mich. Wir tanzten die vollen sieben Minuten und zwei Sekunden von Isaac Hayes' »By the Time I Get to Phoenix«. Dann hob ich sie hoch und trug sie zum Bett.

»Heb mich nicht hoch«, sagte sie.

»Warum nicht?«

»Ich mag das nicht.«

»Ich schon.« Ich setzte sie aufs Bett, sie rutschte zum Kopfende und lehnte sich mit dem Rücken an die Wand.

»Du solltest dir nicht beweisen müssen, dass du stärker bist als ich«, sagte sie.

»Das bin ich nicht.«

»Aber ich kann dich nicht hochheben.«

»Na und?« Ich ließ mich erschöpft auf die Matratze sinken und starrte an die Decke.

»Es gibt mir das Gefühl, schwach zu sein.«

»Aber du bist nicht schwach«, sagte ich.

»Sollen wir das Bett beziehen?«, fragte sie, sprang auf und kramte in einer ihrer Taschen herum.

»Weißt du, wie blöd ich mir vorkomme?«, fragte ich.

»Wie meinst du das?«

»Na ja, wenn man ungefähr vierundzwanzig Stunden am Tag an Sex denkt, schmälert das die eigene Intelligenz schon erheblich.«

»Wir hätten es am ersten Abend machen sollen«, sagte sie. »Am ersten Abend, als wir uns geküsst haben, wollte ich mit dir schlafen. Du hast mir zu viel Zeit zum Nachdenken gelassen. Ich hatte nicht geglaubt, dass du mich mögen würdest.«

»Ich hatte nicht geglaubt, dass ich nur eine Chance kriegen würde.«

»Ach, komm schon«, sagte sie und setzte sich, die Laken in der Hand, neben mich auf die Matratze.

Bis auf eine kleine Lampe auf dem Fußboden, die seltsam unförmige Schatten warf, hatte sie alle Lichter ausgemacht.

»Wann wird es hässlich werden?«, fragte ich und richtete mich auf. »Wann fangen wir an, uns anzuschreien und zu beleidigen?«

»Irgendwann passiert das immer«, sagte sie.

»Was glaubst du, was für gemeine Dinge wir übereinander sagen werden, wenn es passiert?« Wir saßen, den Rücken an die Wand gelehnt, auf der Matratze und dachten einen Moment lang nach. Die einzelne Lampe beleuchtete unsere Gesichter, warf jedoch große, bedrohliche Schatten an die Wand hinter uns.

»Das Miststück«, sagte sie.

»Was für ein Lügner er ist«, sagte ich.

»Ein gefühlskaltes, larmoyantes Mädchen.«

»Egozentrischer Bastard.«

»Sie kann nicht mal singen.«

»Und so was nennt sich Schauspieler.«

»Ist es nicht seltsam«, sagte ich. »Es wird passieren. Eines Abends werd ich nach Hause kommen, es wird spät sein, und ich werde sagen, ›Hör mal, du, ich muss mit dir reden.‹«

»Was ist denn los?«, fragte sie, die Rolle der entfremdeten Ehefrau übernehmend.

»Ach, ich weiß nicht. Ich hab mal ein bisschen nachgedacht.«

»Worüber hast du nachgedacht?«

»Über uns … Du weißt schon, was ich meine … Ich hasse es, dass wir uns ständig streiten.« Ich lächelte vage, unsicher, wie es weitergehen sollte.

»Und?«, sagte sie, mich ermutigend.

»Ich glaube, wir brauchen ein bisschen Abstand, ich meine, ein bisschen mehr Freiraum, das ist alles.«

»Freiraum wofür?«

»Hey, nun mach es nicht noch schwerer, als es ohnehin schon ist. Es ist vorbei, und das wissen wir beide«, sagte ich und blickte ihr direkt in die Augen.

»Gibt es eine andere?«, fragte sie auf einmal sehr ernst.

»Ich will das jetzt wirklich nicht vertiefen.«

»Wer ist sie?«, wollte sie wissen.

»Siehst du, ich kann nicht mal mehr mit dir reden.«

»Ich kann es nicht fassen, dass ich diese Worte aus deinem Mund höre.«

»Ach, komm schon. Nun mach kein großes Drama draus. Die Sache ist die, es ist vorbei, und das wissen wir beide«, sagte ich.

Sarahs Augen wurden feucht, und auf einmal brach sie in Tränen aus, das Gesicht in ihren Händen vergraben. Ich saß perplex daneben.

»O Gott, ich bin so ein Idiot«, sagte sie. »Ich kann das nicht. Ich habe mir geschworen, es nicht zu tun.«

»Wir haben nur Spaß gemacht.«

»Ich habe ein Jahr in Seattle verbracht, um mich zu sammeln, nur damit mir so etwas bestimmt nie wieder passiert.«

»Es ist doch gar nichts passiert.« Ich machte eine Pause und versuchte, eine Hand von ihrem Gesicht zu lösen. »Fang bloß nicht an, dich in eine von diesen sich selbst erfüllenden Prophezeiungen reinzusteigern, ich würde dich verletzen.«

»Das tue ich doch gar nicht«, gab sie jetzt leicht gereizt zurück.

»Ich will dir mal was sagen. Wenn du in meinem Körper sein könntest, während ich dich sehe oder höre oder anfasse oder während ich auch nur denke, ich würde dich sehen oder anfassen, würdest du aufhören zu weinen und mir eine kleben. Denn entweder bin ich verrückt nach dir, oder ich werde verrückt.«

»Du wirst verrückt«, sagte sie.

»Ach ja? Glaubst du das wirklich?«

»Ja, das glaube ich wirklich.«

»Ach ja?«, sagte ich, die Stimme irgendeines alten Kinobösewichts imitierend, und stand auf.

»Ja.«

»Also, wenn du nicht auf der Stelle sagst: ›Ich werde meine blöden Komplexe überwinden und mich unsterblich verlieben‹, stürze ich mich von diesem Bett.«

»Das werde ich nicht sagen«, erwiderte sie, noch immer sehr ernst.

»SAG ES«, beharrte ich und bewegte mich langsam auf die Bettkante zu.

»NEIN, ich habe keine blöden Komplexe.«

»SAG ES.«

»Ich versuche mit dir zu reden.«

Ich schrie auf, sprang hoch von der Matratze ab und landete auf dem Holzfußboden (wobei ich mich am Knie verletzte, wie ich hinzufügen könnte).

»Alles in Ordnung?«, fragte sie, über mir kniend und auf mich herabblickend.

»Sag, dass du dich unsterblich in mich verliebst, und ich werde wieder zum Leben erwachen«, sagte ich.

»NEIN.«

»Sag, dass du dich unsterblich in mich verliebst, und ich werde wieder zum Leben erwachen.«

»Was meinst du mit ›verliebt‹?«

»Ahhhh … ich sterbe.«

»Du stirbst nicht«, sagte sie.

»Sag, dass du mich unbedingt leidenschaftlich küssen willst, und ich werde wieder zum Leben erwachen.«

»Ich will dich unbedingt leidenschaftlich küssen.«

Nachdem wir uns eine Weile geküsst hatten, sagte sie leise: »Komm, leg dich hin.« Die Irren-Bemalung noch um ihre Augen und ihre Finger voll blauer Farbe, begann sie, meinen Gürtel zu lösen. Ich wusste, was kam, und es war schön, aber es war nicht das, was ich wollte.

Fünf

Ein paar Tage später gab Decker eine Party. Eigentlich sollte es gar keine Party werden, aber darauf lief es jedes Mal hinaus, wenn ich zu Decker ging. Er lud immer zu viele Leute ein. Ursprünglich wollten Decker und seine derzeitige Freundin Kim mit mir und Sarah auf die Kirmes gehen. Am 42nd Street-Pier hatten Decker und ich einen Jahrmarkt entdeckt und uns gedacht, eine Achterbahnfahrt wäre eine gute Art, das Ende des Sommers zu begehen.

Kim kam aus Minnesota und hatte künstliche Titten. Ich wusste das, weil ich als Erster mit ihr geschlafen hatte. Sie war die ganze Zeit so niedlich, dass sie mich irgendwie deprimierte. Ich ging nur ein paarmal mit ihr aus. Sie redete mit so einer aufreizenden, unintelligenten Piepsstimme, wie eine Zeichentrickfigur.

Sie erzählte mir, dass sie ihre Mutter nur ein einziges Mal auf der Beerdigung ihres Vaters getroffen hatte. Hinterher sind sie in Minneapolis zusammen in ein Steakhaus gegangen, und es war ganz nett gewesen, doch Kim hatte nie wieder von ihr gehört. Zwei Jahre später beging ihr jüngerer Bruder Selbstmord, indem er sich selbst verbrannte. Danach ließ sie sich ihre Titten vergrößern und kam nach New York, um Schauspielerin zu werden. Als sie mir diese Geschichte erzählte, wollte ich sie bremsen; ich wusste, dass ich nicht annähernd so nett war, dass ich es verdient hätte, diese persönlichen Details zu hören. Ich habe nur einmal mit ihr geschlafen. Dabei tätschelte sie mir die ganze Zeit leicht auf den Rücken und flüsterte unentwegt: »Guter Junge.«

Aber Decker mochte sie. Er meinte, er würde zur Abwechslung mal ausprobieren, mit jemandem zusammen zu sein, der ihn mochte. Einmal habe ich ihn gefragt, ob er sie nicht ein wenig geistlos fand. Er antwortete, er würde nicht glauben, dass irgend jemand wirklich dumm wäre, es sei jedoch erstaunlich, welche Gedanken sich manche Menschen nicht zu denken trauten.

Seine Wohnung war eine Bruchbude; aus dem Abfluss seiner Badewanne stieg Abwasser auf (er war Mitglied in einem Fitness-Klub, nur um dort zu baden), an der Stelle, wo einmal ein Lüftungsschlitz zwischen Küche und Schlafzimmer gewesen war, klaffte ein Loch, und auf den Bücherregalen und in den Ecken standen Töpfe und Pfannen, um das tropfende Wasser aufzufangen.

Aber die Wohnung hatte einen Zugang zum Dach, und das war großartig.

Sie lag an der Ecke von 39th Street und 8th Avenue. Sarah und ich nahmen ein Taxi dorthin. Sarah war schon den ganzen Abend nervös und hatte sich stundenlang ausgehfertig gemacht.

Unterwegs bat sie den Fahrer zu halten, um sich bei London Drugs einen Lippenstift zu kaufen. Ich saß in dem Taxi und versuchte, nicht auf die Uhr zu starren. Der Taxifahrer war ein Schwarzer mittleren Alters und offenbar geduldiger als ich.

»Wie läuft's denn heute Abend?«, fragte ich, auf die Rückenlehne des Vordersitzes gestützt.

»Es läuft hervorragend«, sagte er mit französisch klingendem Akzent.

»Wo kommen Sie her?«, fragte ich ihn.

»Aus Haiti.«

»Aha. Haben Sie noch Familie dort?« Manche Leute mögen es nicht, aber ich finde es toll, mit Taxifahrern rumzulabern.

»Ja, meine Frau und meine Kinder sind noch dort.«

»Bekommen Sie sie überhaupt je zu Gesicht?«

»Einmal im Jahr, wenn ich Glück habe. Ich schicke ihnen jeden Monat Geld.« Sein Akzent war fantastisch.

»Ist heiß auf Haiti, was?«, sagte ich.

»*Oui*, sehr heiß. Wo kommen Sie her?«, fragte er und sah mich im Rückspiegel an.

»Aus Texas.«

»In Texas ist es auch heiß, oder nicht?«

»Ja, schon.«

»Haben Sie noch Familie dort?«, fragte er mich.

Ich zögerte kurz und sagte dann: »Ja, hab ich.« Wir sahen uns an. »Aber ich schicke ihnen kein Geld.«

Ich überlegte, ob ich irgend jemanden kannte, der tatsächlich in Manhattan geboren worden war.

Sarah sprang wieder in das Taxi, ich nickte dem Fahrer

zu, und wir fuhren los. Sarah presste ihre Knie gegen die Rücklehne des Vordersitzes, klemmte ihr Kleid zwischen die Beine, damit es nicht hochrutschte, strich sich ihr schwarzes Haar aus dem Gesicht, zückte einen kleinen Spiegel und fing an, mit ihrem Lippenstift herumzuhantieren. Ich konnte ihre grünen Augen in dem Schminkspiegel sehen. Ich blickte auf und sah die braunen Augen des Taxifahrers im Rückspiegel. Irgendwas an New York City gab mir das Gefühl, ein Texaner, und irgendwas an Sarah das Gefühl, ein Mann zu sein.

* * *

Das Erste, was an jenem Abend in Deckers Wohnung schieflief, war, dass er ungefähr fünfzehn andere Leute eingeladen hatte. Das zweite Problem war, dass eine von ihnen Samantha war, meine erste Freundin.

In der elften Klasse war es Samanthas Ziel gewesen, »ihre Aufgabe als Cheerleaderin ernster zu nehmen«. Sie war auf eine vordergründige Art hübsch, mit langen blonden Haaren, gezupften Augenbrauen, dunkelrot lackierten Fingernägeln und einer fast perfekten Figur. Sie war ein bisschen klein und benutzte jede Menge Haarspray, ein Relikt aus ihrer Teenagerzeit in New Jersey. Das Beste an ihr waren ihre riesengroßen spöttischen Augen. Sie studierte jetzt im dritten Jahr an der Columbia University und war tatsächlich überraschend intelligent.

Für den Kirmesbummel war sie gekleidet, wie es ein heißer Septemberabend verlangte – so spärlich wie möglich.

Sie saß auf der Lehne eines Plastikstuhls auf Deckers Dach, und ihr Hals glänzte, und sie kratzte sich mit den Fingern sanft ihren nackten Bauch. Die Stadt in ihrem Rücken wirkte riesig, mit all den Bürotürmen von Midtown Manhattan und einem blinkenden gelben Licht auf der Chase Manhattan Bank, das abwechselnd die Zeit und die Temperatur anzeigte – 8.30 und 87° F.

Ich hielt Sarahs Hand fest, damit auch jeder mitbekam, dass wir ein Paar waren. Mit der anderen Hand drückte sie ihr Haar platt.

Decker stand auf dem Dach, in der Hand eine grüne Flasche Gordon's Gin. Decker trank nie Bier. Er redete mit Kim, sichtlich um einen beiläufigen Plauderton bemüht, während sie geradezu verbissen ernst wirkte.

»Ich sage ja nicht, dass du schlecht aussiehst«, verteidigte Decker sich. »Ich sage nur, mir wäre es lieber, du würdest ein Kleid tragen. Ich finde dich in einem Kleid viel attraktiver. Ich sage das nicht, um gemein zu sein, aber du hast gefragt. Und, ja, mir wäre es lieber, du hättest ein Kleid an.«

»Mir war heute Abend aber nach Jeans«, sagte sie in ihrem schrillen Akzent aus dem Mittleren Westen.

»Dann trag halt Jeans.« Er sah zu mir rüber und lächelte.

»Willst du, dass ich nach Hause gehe und mich umziehe?«, fragte sie. Sie trug enge Levi's und ein weißes T-Shirt ohne BH darunter. Ihre Brustwarzen waren immer hart.

Decker zögerte einen Moment, bevor er sagte: »Ja, das will ich.«

»Du bist so ein Arschloch«, sagte sie. »Ich bin sofort zurück.« Sie ging auf den Ausgang des Daches zu, wandte sich mir zu und sagte: »Ich kann nicht glauben, dass du mit ihm befreundet bist«, und marschierte davon.

»Es gibt zwei Sachen, die ich einfach nicht glauben kann«, sagte ich, auf Decker zugehend. »Erstens, dass du sie aufgefordert hast, sich umzuziehen, und zweitens, dass sie es wirklich tut.« Ich wollte unbedingt, dass Sarah Decker mochte, und ich hatte nicht das Gefühl, dass er einen blendenden ersten Eindruck hinterließ.

»Gehen wir jetzt auf diese Kirmes?«, fragte ich.

»Ja, ich glaub schon«, sagte er. »Wir müssen nur erst noch alle motivieren.«

»Warum hast du so viele Leute eingeladen?«, fragte ich.

»Sie wollten halt alle kommen«, erwiderte er grinsend.

Sarah und ich drehten auf der Party eine Runde. Einer von Deckers Freunden war ein Zwerg, er war unglaublich nett, wenn er auch zunächst ein wenig einschüchternd wirkte. Er hatte grotesk langes Haar, das fast bis zum Boden reichte. Außerdem waren ziemlich viele penetrant gut gelaunte Blondinen und ein paar Wichtigtuer ersten Ranges da. Ich hatte das Gefühl, als wäre Sarah der Beweis dafür, dass ich anders war als alle anderen. Ich hoffte nur, dass niemand sehen konnte, dass wir noch nicht miteinander geschlafen hatten. Deckers Mitbewohner Samuel war auch da. Er hatte streichholzkurzes violettes Haar und auf dem Arm eine Tätowierung von einem Hahn, der in einer Schlinge hing. Ich bekam ihn nur selten zu Gesicht. Er war ein Speed-Freak auf Entzug, der viele von Deckers nächtlichen Tête-à-têtes dadurch vereitelt hatte, dass er sich in den Schlaf wimmerte.

Unter Leuten war Sarah immer geradezu peinlich schüchtern, und dies war eine besonders unheimliche Truppe. Während wir dort waren, sagte sie kaum ein Wort. Alle waren schon betrunken. Ich legte meinen Arm um sie und stellte sie geflissentlich jedem vor.

Samantha versuchte ich elegant zu meiden, doch irgendwann setzte sie sich uns direkt gegenüber und wartete darauf, dass ich etwas sagte.

»Sarah, das ist Samantha«, sagte ich. »Samantha, das ist Sarah.« Sie schüttelten einander die Hand und wirkten beide verlegen. Ich stand da und kam mir ein bisschen zu groß vor.

»Bist du mal mit ihr zusammen gewesen?«, fragte Sarah, als wir weitergingen.

»Hm, ja, bin ich. Ich hab dir von ihr erzählt.«

»Oh, Samantha«, sagte sie und erinnerte sich wahrscheinlich an die Abtreibungen. »Ich wusste nicht, dass sie auch hier sein würde.«

»Ich auch nicht«, sagte ich.

Sarah wirkte sehr distanziert, aber das war okay. Auch ich empfand einen großen Abstand zu allen. Ich hatte das Gefühl, dass ich mich vielleicht weiterentwickelt hatte, dass ich vielleicht erwachsen wurde. Aber ich wollte möglichst bald auf diese Kirmes. Ich wollte anfangen, mich zu amüsieren.

Decker sagte, er müsste warten, bis Kim zurück war. Wir standen alle eine halbe bis eine ganze Stunde einfach bloß rum und tranken und lachten. Ich hatte meinen Spaß, indem ich mir vorstellte, Sarah und ich wären Franklin und Eleanor Roosevelt auf irgendeiner Party in den Wilden Zwanzigern.

Sarah ging kurz telefonieren. Als sie zurückkam, verkündete sie, dass sie weg müsste.

»Was soll das heißen? Wo gehst du hin?«

»Sieht so aus, als ob Dave Afton heute Abend in einem Downtown-Klub spielt. Ich sollte mir seinen Auftritt wirklich ansehen.«

»Was soll das heißen? Wir gehen auf die Kirmes«, sagte ich.

»Ich will nicht auf die Kirmes.«

Es entstand eine lange Pause.

»Aber wir wollten doch zusammen auf die Kirmes gehen«, sagte ich.

»Ich weiß, aber ich hab dir doch gesagt, dass ich so etwas hasse.« Sarah hatte eine Hand hinter den Rücken gelegt und hielt ihren anderen Arm fest umklammert.

»Dave möchte, dass ich vielleicht mit ihm singe, also sollte ich mir wirklich anhören, wie er spielt.«

Also, ich kenne Dave Afton und habe ihn schon ein paarmal spielen sehen. Ich nenne ihn meistens den »Typ mit den Zähnen«. Er hat dümmlich blondes Haar, blaue Augen, Holzperlen um den Hals und alberne falsche Zähne. Er raucht vornehme englische Zigaretten und singt hübsche Liedchen, die zwar die Frauen lieben, aber ich habe noch nie einen Typen getroffen, der ihn wirklich gerne hört. Außerdem war ich überzeugt, dass dieses ganze Getue, von wegen sie sollte auf seinem Album singen, bloß Beschiss war.

»Du meinst den Typ mit den Zähnen?«, fragte ich.

»Genau den«, sagte sie. »Hör mal, hier geht's um einen Job. Deswegen bin ich nach New York gekommen. Du kommst hier auch ohne mich zurecht.«

»Okay. Ich gehe mit dir.«

»Nein, du gehst mit deinen Freunden auf die Kirmes. Wir reden dann morgen.«

»Na prima. Dann leck mich doch am Arsch«, sagte ich.

Empörung breitete sich auf ihrem Gesicht aus. Sie schnappte ihre Handtasche und stürmte hinaus, wahrscheinlich überzeugt, dass ich soeben mein wahres Ich offenbart hatte. Ich stand auf dem Dach und sah mich missmutig auf der Party um. Samantha flirtete mit Samuel. Decker stellte im Alleingang die ganze Geschichte eines Musicals namens *Stop the World, I Want to Get Off* dar. Ich kannte die Nummer schon, aber alle anderen lachten.

Nach einer halben Stunde trinken, auf und ab rennen und Haare raufen ging ich auch. Betrunken.

Als ich in die Kneipe kam, saß sie allein da, rauchte und sah deprimiert aus. Das machte mich glücklich.

»Hi«, sagte ich und setzte mich neben sie.

»Hallo«, flüsterte sie beinahe.

»Es tut mir leid, dir auch?«, fragte ich.

»Was tut dir leid?«, fragte sie.

Mir fiel nur ein, dass es mir leid tat, dass sie wütend auf mich war.

»Mir hat der Abend nicht gefallen«, sagte ich.

»Mir auch nicht«, sagte sie. Eine Weile sahen wir Dave und seinen Zähnen beim Singen zu.

»Warum bist du nicht auf der Kirmes?«, fragte sie.

»Ich weiß nicht.«

»Sag nie zu mir, ich soll dich am Arsch lecken«, sagte sie und sah mich trotzig an.

»Okay, mach ich nicht mehr.«

»Es ist nicht nett.«

»Nein, wohl nicht.«

Wir schwiegen uns wieder an.

»Hast du je den Witz von dem Typen gehört, der einem Mädchen sagen will, wie gern er sie mag, der sie aber stattdessen immer nur anstarrt und stottert und gemeine Sachen sagt, wenn er versucht, witzig zu sein?«

Sie legte den Kopf leicht zur Seite und lächelte.

»Ja, ich glaube schon.«

»Hm-hm. Ich glaube, du hast ihn heute Abend gehört.«

»Mir tut es auch leid«, gab sie zu. »Kennst du den von dem Typen, der mit einem Mädchen auf eine Party geht, wo sie das Gefühl hat, er hätte schon mit praktisch jeder anderen Frau dort geschlafen?«, fragte sie und musterte mich. Ich versuchte zu lächeln.

Wir wandten uns wieder Dave zu.

»Wow, er ist wirklich fantastisch«, sagte ich leise mit spöttischer Ehrfurcht.

»Du bist eingebildet.«

Ich beugte mich über den Tisch und versuchte sie zu küssen, aber sie ging nicht darauf ein, sondern sah weiter zur Bühne.

»Warum nicht?«, fragte ich.

»Hier nicht. Ich küsse nicht gern in der Öffentlichkeit.«

»Wenn du mich nicht küssen willst, willst du mich nicht küssen.«

»Ich will dich hier nicht küssen.«

»Na, dann lass uns hier verschwinden.« Ich beugte mich

vor, legte meine Hand auf ihren Arm und versuchte, möglichst erotisch rüberzukommen.

»Ich will aber nicht gehen.«

»Himmel. Was zum Teufel *willst* du denn?«

Sie starrte mich an, ein böser, gehässiger Blick, und drückte dann langsam ihre Zigarette aus.

»Ist das der Punkt, wo wir anfangen, uns anzuschreien?«, fragte sie.

Ich erstarrte. Ich spürte, wie ich für einen Augenblick lang ganz still wurde – ganz still und sehr wütend. Dann stand ich unvermittelt auf, nahm meinen Stuhl und zerschmetterte ihn an der Wand. Ich wollte das nicht, ich wollte eigentlich nur dagegenhauen oder so, aber ich zerlegte ihn in Einzelteile. Die Leute um uns fuhren herum und starrten mich an. Ich hielt noch immer ein Stück Stuhl in der Hand, und meine Hand pochte, während ich Sarah nachsah, die aus der Kneipe rannte.

»Warte bitte!«, rief ich ihr nach, während ich hinter ihr her über die Straße lief. Autoscheinwerfer erfassten unsere beiden Gesichter. Adrenalin kreiste durch mein Gehirn. Sie blieb stehen. Wir standen auf einer kleinen Fußgängerinsel aus Beton an der Ecke Bowery und Cooper Square.

»Hör mal, ich weiß auch nicht, was los ist«, sagte ich, nach Luft schnappend. »Ich kann mich selbst nicht leiden. Ich weiß nicht, was mit mir passiert. Ich will dir nicht sagen, du sollst mich am Arsch lecken. Aber du musst verstehen, dass sich mein ganzes Leben auf einmal irgendwie anders anfühlt. Ich muss unbedingt wissen, ob du mich magst. Ich weiß, wie bescheuert sich das anhört. Wenn du willst, dass ich dich in Ruhe lasse, werde ich das tun, aber manchmal … manchmal trifft man jemanden, und man weiß, was immer man vorher getan und wie immer man gelebt hat, es muss richtig gewesen sein … jedenfalls nicht ganz falsch oder daneben, denn es hat einen zu diesem einen Menschen geführt. Und du bist dieser Mensch. Willst du, dass ich weggehe?«

»Nein«, sagte sie.

»Was soll ich dann tun?«, fragte ich. Wir schwiegen. Sie blickte auf die Straße, und ihr Blick huschte nervös hin und her, als würde sie mit sich selbst reden. Mein Körper fühlte sich zehn Millionen Pfund schwer an.

»Tut mir leid, tut mir echt leid«, sagte sie, nahm meine Hand und führte mich über die Straße. »Du darfst nicht zulassen, dass ich dir das antue.« Sie blieb unvermittelt stehen und machte auf der Mitte der Kreuzung kehrt.

»Warum magst du mich so sehr?«, fragte sie und sah mir in die Augen.

Ich stand vollkommen still.

»Ich mag dich einfach.«

»Und du willst mit mir schlafen?«

Ich nickte. Es klang wie eine Fangfrage.

»Grübel nicht weiter, ob ich dich mag, okay? Ich mag dich.« Mein ganzer Rücken entspannte sich. »Ich finde dich schön, und ich will mit dir schlafen, wirklich. Es ist nur –« Die Ampel sprang um, und sie rannte über die Straße. Ich konnte mich nicht von der Stelle rühren.

»Komm«, rief sie. Ich konnte ihre Augen quer über die Straße hinüber deutlich erkennen.

Um mich herum fuhren Autos und hupten. Ich spürte die Hitze eines vorbeifahrenden Lasters auf meinem Gesicht. Nicht, dass ich überfahren werden wollte. Für mich waren die Autos einfach nicht da.

Schließlich sprang die Ampel erneut um, und ich ging über die Straße und trat neben sie auf den Bürgersteig. Sie fasste meine Hand mit beiden Händen und drückte sie fest an ihr Kleid.

»Lass uns nach Hause gehen«, sagte sie.

Wir fummelten die ganze Nacht herum, nackt auf ihrer Matratze. Die Morgendämmerung tauchte die ganze Wohnung in ein dunkles Grün. Vielleicht schliefen wir zwischendurch manchmal kurz ein; schwer zu sagen. Es war stickig, und es roch schwer nach Salz. Unsere Körper waren feucht, und ich ertappte mich dabei, wie ich uns immer wieder so drehte, dass ich wie zufällig in sie hätte eindringen können. Aber jedes Mal, wenn es eng wurde, entwand sie sich mir. Ihr Bett hatte etwas Geheimnisvolles. Ihr ganzer Körper fühlte sich sauber, feucht und prall an, als befände er sich tief unter der Erde. Das Laken war verrutscht, und ich spürte die raue Matratze unter meinem Rücken. Sie hockte sich auf mich, und ihre schweren Brüste streiften meine Brust. Ich wollte in jedem Teil ihres Körpers sein. Sie reizte uns beide. Schließlich kam ich vollkommen lautlos in meine Hand. Ich wollte nicht, dass sie es merkte. Nachdem sie eingeschlafen war, stand ich auf, schwankte, die Balance haltend, ins Bad und wusch mir die Hände.

Sechs

Als ich am nächsten Morgen aufwachte, hörte ich Sarah in der Kochnische ihres Zimmers herumklappern. Sie machte Spiegeleier mit Schinken für eine Person (sie selbst war Vegetarierin) und Toast für uns beide.

Ich drehte mich auf die linke Seite, setzte meine Brille auf und sah, dass Sarah in meinen Boxer-Shorts herumflitzte. Ihr grünes Kleid lag auf der noch immer uneingeweihten Matratze. Was immer sie tat, sie tat es mit vorsätzlicher Gelassenheit, hatte jedoch gleichzeitig etwas Unkoordiniertes, das leicht trottelig wirkte. Das war etwas, was ich besonders mochte.

»*What's the story, morning glory?*«, sagte sie, als sie unsere Frühstücksteller zum Bett brachte. »Wir sind doch nicht wütend, oder?«

»Nein, ich bin nicht wütend«, sagte ich und streifte mir meine Jeans über.

»Gut, weil ich dir nämlich etwas zeigen muss, aber du darfst nicht wütend sein.«

»Bin ich nicht.«

»Und du darfst auch nicht wütend werden.«

»Werd ich schon nicht.«

»Versprochen?«

»Warum fange ich an zu glauben, dass ich doch wütend werde?«, sagte ich.

Zusammen mit meinen Eiern und Schinken gab sie mir ein fotokopiertes Pamphlet. »Ich dachte, du solltest das lesen.«

»Was ist das?«, fragte ich, stellte meinen Teller ab und hielt die Zettel in der Hand.

»Lies es.«

Vergewaltigung und der Mann im 20. Jahrhundert – vier Seiten voller winziger kopierter Wörter darüber, wie viele Frauen in jeder Sekunde auf der ganzen Welt vergewaltigt wurden.

»Was soll das heißen?«, fragte ich sie.

»Gar nichts. Ich dachte, du würdest es vielleicht interessant finden.«

»Warum sollte ich das interessant finden?«

»Weil es wichtig ist.«

»Aber warum ist es gerade jetzt, heute Morgen für mich wichtig?«

»Du wolltest doch nicht wütend werden«, sagte sie und kniete sich neben mich auf die Matratze.

»Hab ich dich gestern Nacht angegriffen oder irgendwas?«

»Du hast einen Stuhl zertrümmert.«

Ich starrte schweigend auf die Blätter.

»Ich hab es getan, weil ich dich mag. Hilft das weiter?«

Sie schüttelte den Kopf.

»Ich werd es später lesen.« Ich legte das Pamphlet beiseite und nahm den Teller mit meinen Eiern.

Sie stand auf und trat beiläufig ans Fenster, wo sie an ihrem Toast knabberte.

»Dieser Decker«, sagte sie, »ist er dein bester Freund?«

»Ähm … ja.«

»Und diese Kim?«, fragte sie. »Sind ihre Brüste echt?«

»Ich glaube nicht«, sagte ich, zusehends unsicher über die Richtung, die dieses Gespräch nahm.

»Weißt du, wie es sich anfühlt, ein Kleid zu tragen?«, fragte sie.

»Nein.«

»Man fühlt sich sehr verwundbar.«

»Dann trag Hosen.«

»Dann komme ich mir hässlich vor. Meine Oberschenkel sind dick und meine Brüste zu groß.«

»Deine Brüste sind nicht zu groß. Sie sind üppig«, sagte ich. Ich stand auf und ging zu ihr ans Fenster.

»Und du hast sexy Schenkel«, sagte ich und legte meine Hände auf ihre Beine. Ihre blasse Haut war mit Tausenden von winzigen rosa Pünktchen übersät.

»Hast du schon mal ein Kleid anprobiert?«, fragte sie.

»Nein?«

»Würdest du es tun?«

»Nein.«

»Warum nicht?«

»Klar, sicher würde ich es tun«, sagte ich.

»Zieh mein Kleid an«, sagte Sarah.

»Nun komm schon, Sarah.«

»Warum nicht? Vielleicht finde ich dich in einem Kleid attraktiver«, sagte sie mit einem ungestümen Lächeln.

»Ich soll dein Kleid anziehen?«, fragte ich, machte einen

Schritt von ihr weg und überlegte, wie ich so umfassend und komplett die Kontrolle über meine Umgebung verloren haben konnte.

»Ja«, sagte sie, meine wachsende Verlegenheit sichtlich genießend.

»Also gut«, sagte ich und versuchte, mit nacktem Oberkörper und in Jeans in ihr grünes Kleid zu schlüpfen. Ich hob es auf, zog es über meinen Kopf und ließ den Stoff über meinen Rücken gleiten, bis er in schwungvollen Kaskaden über meine Knie flatterte. Sarah gab es offenbar einen reichlich perversen Kick, mir dabei zuzusehen.

»Und jetzt zieh die Jeans aus«, sagte sie, noch immer auf der Fensterbank hockend.

Mein ganzer Körper war nervös. Ich zog meine Jeans aus. Meine Unterhose trug Sarah, also war ich unter dem Kleid nackt. Ich spürte die laue Septemberbrise, die durch die Blumen in ihrem Fenster und um meine nackten, von einem Kleid umwickelten Beine strich. Ich stand da und grinste sie an, noch immer nervös. Meine Knie zitterten leicht, aber ich kam mir auch eigenartig sexy vor, wie ein gefährlicher Mann, der gefährliche Dinge tut – mir meines Mannseins einzigartig bewusst. Es brauchte mehr als ein Kleidchen, um mir meine Männlichkeit zu nehmen, dachte ich stolz.

»Jetzt Lippenstift«, sagte sie.

»NEIN«, erklärte ich prompt.

»Warum nicht?«, fragte sie.

Ich dachte einen Moment darüber nach. »Weil ich mir dann Vorkommen würde wie eine Frau.«

»Ist irgendwas verkehrt daran, weiblich zu sein?«

»Nein.«

»Dann lege Lippenstift auf.«

»Ich bin nicht weiblich«, sagte ich.

»Ach? Nicht mal eine Minute?« Sie amüsierte sich prächtig.

Ich ging auf sie zu – die Frau in meiner Unterhose – von dem seltsamen Begehren gepackt, es mit ihr zu treiben, durch ihr Kleid zu stoßen und sie wie ein Schotte zu nehmen (ein Teil meiner Vorfahren stammt aus Schottland).

»Nein, nicht mal für eine Minute«, sagte ich und legte meine Hand in ihren Schoß. Sie warf den Kopf in den Nacken und kicherte.

Ich küsste sie, wie es ein echter Mann (selbst ein Mann in einem Kleid) wohl tun würde, und legte sie aufs Bett. Sie rieb an meinen Brustwarzen, was mir unangenehm war. Ich rutschte nach unten und küsste ihren Bauch, meine Hand auf meiner Unterhose, ihre Hände auf ihrem Kleid an meinem Körper.

»O je, wie spät ist es?«, fragte sie, stieß mich weg und verdrehte den Kopf, um auf die Uhr zu sehen.

»Ich weiß nicht«, sagte ich und bearbeitete sie weiter.

»O nein, ich muss längst bei der Arbeit sein. Es ist schon halb zwölf.«

Sie sprang auf, rannte ins Bad, zog sich rasch um und steckte sich zwei rote Spangen ins Haar.

»O William, das habe ich ganz vergessen«, sagte sie schon in der Tür. »Kommst du am Wochenende mit zu meiner Mutter?«

»Klar«, sagte ich leise. Mein eigener Tod nahte. Dessen

war ich mir vollkommen sicher. Ich stand da und beobachtete ihren Abgang, allein in ihrem Zimmer mit einem Teller unangerührter kalter Spiegeleier und Schinken, einem grünen Kleid und einem Steifen, dem Lippenstift nur knapp entronnen.

Sieben

Ich musste mit jemandem reden. Ich verabredete mich mit Decker im Tompkins Park. Er war blass und verkatert. Wir kauften eine große Flasche Gatorade, lehnten uns im Sitzen an einen Maschendrahtzaun und sahen ein paar Typen beim Basketballspielen zu. Einen Moment lang sah es so aus, als würde es Zoff geben. Ein blonder Burschenschaftler legte es schwer darauf an, Ärger mit einem viel kleineren Südamerikaner anzufangen.

»Logo, dass es ein Burschenschaftler ist, der Streit sucht«, sagte Decker zu mir. »Einer der zahlreichen guten Gründe, warum jeder das College schmeißen sollte.«

Auf der anderen Seite des Sportplatzes spielten ein paar andere Typen Baseball. Jedes Mal, wenn ein Baseballspieler einen Ball traf, riefen die Leute um dem Basketball-Court hektisch »ACHTUNG«. Dann warfen die Basketballspieler den Baseball zurück und fingen neu an. Hin und wieder rollte auch der Basketball ins Feld der Baseballspieler. Sie wirkten jedes Mal glücklich, sich revanchieren zu können.

Es dauerte eine Weile, bis ich es über mich brachte, Decker zu erzählen, dass Sarah und ich noch nicht richtig miteinander geschlafen hätten. Er und Kim hatten den Abend damit beendet, dass sie auf der Staten-Island-Fähre gevögelt hatten. Auf die Kirmes war keiner mehr gegangen.

»Das tut dir bestimmt gut«, sagte er, nachdem ich ihm die traurige Geschichte erzählt hatte. »Du bumst sowieso zu viel rum. Wahrscheinlich liegt's zur Hälfte daran, dass du so verrückt nach ihr bist.«

»Ich dachte wirklich, heute Morgen würden wir endlich miteinander schlafen, weißt du. Ich meine, okay, es wäre schon ziemlich krank wenn ich jedes Mal, wenn ich mit ihr schlafen will, ein Kleid anziehen muss.«

»Was ist mit ihr?«, fragte er und starrte geradeaus auf das Baskettballspiel.

»Ich weiß nicht.«

»Nun, verlass dich auf ihren Instinkt. Wahrscheinlich hat sie recht. Es ist schließlich auch kein Zuckerschlecken, mit dir zusammen zu sein.«

»Was soll das heißen?«

»Du bist ein ziemlicher Draufgänger. Du wirkst einfach nicht wie jemand, dem man einen langen Atem zu traut.«

»Ich mag es nicht, wenn Leute so was sagen – alle erzählen dir so lange irgendwelche angebliche Wahrheiten über dich, bis du anfängst, sie selbst zu glauben.«

»Holt sie dir wenigstens einen runter – du weißt schon, mit der Hand, oder bläst dir einen oder irgendwas?«

Ich starrte ihn an, unsicher, ob mich seine Frage wütend machte oder nicht. Auf dem Pflaster saß es sich unbequem.

»Ich will keinen mehr geblasen kriegen«, sagte ich und verfolgte weiter das Spiel.

»Eines Tages werde ich dich an diese Bemerkung erinnern, und du wirst zutiefst beschämt sein«, sagte er ernst.

»Ich muss aufhören, mich mit ihr zu treffen«, sagte ich, hauptsächlich, um auszuprobieren, wie es sich anhörte.

»Warum?«, fragte er. Ich glaube, ihm war nicht wirklich nach Reden zumute. Sein Gesicht war jetzt sogar noch blasser.

»Weil … es mir eine Höllenangst macht.«

»Intelligente Frauen sind schwierig. Intelligente Frauen sind zickig«, sagte er. Offenbar begriff er die Dringlichkeit der Lage nicht.

»Es ist etwas anderes, ob jemand intelligent ist oder ob jemand dich nicht mag.«

»Eins sag ich dir«, meinte er. »Es ist etwas anderes, ob ein Mädchen intelligent ist oder ob sie dir nicht gerne einen bläst.« Ich ignorierte ihn. Eine Zeit lang schwiegen wir beide.

»Manchmal habe ich das Gefühl, wenn ich sie dazu bewegen könnte, mich zu lieben, würde alles, was ich an mir selbst nicht mag, verschwinden.«

Decker sah mich an.

»Sie will, dass ich mit ihr zu ihrer Mutter fahre«, sagte ich. »Meinst du, ich sollte mitfahren?«

»Natürlich wirst du mitfahren.«

»Wie meinst du das?«

»Du bist verrückt nach dem Mädchen. Du hast gar keine andere Wahl.«

Acht

Auf der Fahrt zu ihrer Mutter ging mit Sarah eine langsame, unheimliche Verwandlung vor sich. Im Port Authority Bus Terminal legte sie im Spiegel der Scheibe eines Zigarettenautomaten knallroten Lippenstift, einen Klecks Lidschatten und ein bisschen Rouge auf, ohne die hektischen Pendler um sie herum zu beachten. Über Sarah mit Make-up musste ich aus irgendeinem Grund lachen. Sie wirkte irgendwie neben sich. Auf der Toilette im Bus zog sie ihr braunes Kleid aus und kam in einem schwarzen knöchellangen Rock und einem sexy grünen Seidentop wieder heraus.

Außerdem begann sie sich zunehmend Sorgen um meine Garderobe zu machen. Ich fand, dass ich ziemlich schnittig aussah. Ich hatte mein Lieblings-T-Shirt an (es war marineblau und sah echt edel aus), dazu diese erstklassige Kaki-Baumwollhose. Ich hatte mir die Haare gewaschen, meine Kontaktlinsen eingesetzt und trug meine alten Justin-Cowboystiefel.

Als wir am Busbahnhof von Manchester auf ihre Mutter

warteten, die uns dort abholen sollte, legte Sarah schließlich noch Ohrringe und ein Stirnband an, als würde sie mit einer vollkommen neuen Persönlichkeit herumexperimentieren. Sie fing an, laut und munter über alles Mögliche zu reden, was ihr gerade einfiel. Sie erklärte mir, sie würde Busbahnhöfe lieben – weil sie in ihr romantische Gefühle weckten. Sie sagte, es würde ihr gar nichts ausmachen, dass sie nach Zigaretten und Urin stanken.

Mrs Wingfield war 67 Jahre alt. Ihr Hals und ihr Kopf waren hoch über ihre Schultern gereckt, und sie huschte mit raschen, gebrechlichen Bewegungen durchs Haus wie ein sterbender Vogel.

Sie servierte einen Makkaroni-Auflauf mit Thunfisch und auf Zahnstocher gespießte Stückchen gebratenen Schinken, dazu große Gläser Chrystal Light-Limonade mit Eiswürfeln. Sich selbst goss sie ein ebenso großes Glas Riunite-Weißwein ein. Sie hatte genau das gleiche Gesicht wie Sarah, nur dünner und ausgezehrter.

Noch nie hatte ich die Mutter einer Freundin so offiziell kennengelernt. Meine Mutter hat mir einmal erzählt, dass mein Vater bei ihrer Mutter eine Menge Punkte gemacht hatte, indem er Riesenportionen des von meiner Großmutter zubereiteten Essens verschlungen hatte. Er schaufelte obszöne Mengen von Hähnchenschnitzeln und Erbsen in sich hinein und errang so die Hand meiner Mutter. Ich war nicht ernsthaft auf eine Hochzeit oder dergleichen aus, aber das sollte mich nicht daran hindern, mich nach besten Kräften diesem Thunfischauflauf zu widmen.

Wir nahmen zum Essen Platz und fassten uns an den

Händen. Sarah und ihre Mutter senkten gleichzeitig den Kopf und fingen an zu beten:

Komm, Herr Jesu, sei unser Gast
und segne, was du uns bescheret hast.
Amen.

Sie sagten das Gebet mit geschlossenen Augen auf. Ich wollte Mrs Wingfields Hand nicht zu fest drücken, weil ich Angst hatte, ich könne sie brechen, andererseits wollte ich aber auch auf keinen Fall schwächlich wirken. Ihre Beterei mache mich nervös. Die Wohnung roch nach einem alten Menschen. Überall standen Raumdeos herum. Ich musterte die vergilbte Tapete, die irgendwann wahrscheinlich einmal ziemlich nobel gewesen sein musste. Ich sah die abgeblätterte Farbe um die Fassung der Deckenlampe und fragte mich, wie Mrs Wingfield die Glühbirnen wechselte.

Als das Gebet zu Ende war, drückten die beiden leicht meine Hand, nahmen ihre Servietten und breiteten sie sorgfältig auf ihrem Schoß aus. Es war unheimlich. Sarah warf mir eine verstohlene Grimasse zu.

Auch nachdem jeder eine Portion auf dem Teller hatte, sagte niemand ein Wort. Ich hörte mich nur selbst kauen.

»Das ist wirklich lecker«, sagte ich.

»Ja, Mom, vielen Dank«, sagte Sarah.

Ihre Mutter nickte und fragte nach einer langen Pause: »Und wie geht es so in New York?«

»Alles bestens, Mom«, sagte Sarah. Sie aß nicht. Ich fragte mich, ob ihre Mutter wusste, dass sie Vegetarierin war.

»Sarah hat große Träume«, erklärte Mrs Wingfield mir ruhig. »Hat sie Ihnen das erzählt? Sie will Sängerin werden.«

»Ich habe sie singen hören«, erwiderte ich.

»Sie ist gut, nicht wahr?«

»Ja, wirklich«, bestätigte ich. Ich versuchte so viel Thunfisch wie möglich zu essen, ohne übereifrig zu wirken oder eine zu große Sauerei zu veranstalten.

»Sie möchte etwas ›Besonderes‹ sein«, sagte Mrs Wingfield und griff nach ihrem Weinglas.

»Mutter«, sagte Sarah mit künstlicher Freundlichkeit.

Ihre Mutter erwiderte ihr Lächeln und redete weiter.

»Hat sie Ihnen erzählt, dass ich mein Leben lang als Sekretärin bei einem Makler gearbeitet habe, um Geld zu sparen, damit sie aufs College gehen kann?«

Ich schüttelte den Kopf.

»Jetzt arbeite ich nicht mehr. Ich bin in Rente.« Sie trank einen großen Schluck von ihrem Wein. »Hat sie Ihnen erzählt, dass ich ausgewählt wurde, die Abschiedsrede auf meiner Highschool zu halten?«

Ich schüttelte erneut den Kopf.

»Mom«, sagte Sarah, »nun lass das doch.«

»So war es aber. Doch ich bin nicht aufs College gegangen. Sarahs Vater hielt es nicht für wichtig, dass wir beide aufs College gingen. Aber sie liebt ihn. Ich nehme an, sie hat Ihnen schon alles über ihn erzählt?«

»Über solche Dinge haben wir eigentlich noch gar nicht viel geredet«, sagte ich, blickte zu Sarah und hoffte, sie würde mir signalisieren, wie ich mich weiter zu verhalten hatte. Doch sie starrte nur in ihren Schoß und zupfte ihre Serviette zurecht.

»Sie ist nicht gerade gesprächig, was?«, sagte Mrs Wingfield mit einem Blick auf ihre Tochter und genehmigte sich einen weiteren gesunden Schluck Weißwein. Erneut entstand eine längere Pause.

»O Sarah, nun schmoll nicht. Ich werde mich schon benehmen. Ich erzähle deinem jungen Mann hier nur ein bisschen was über uns.« Sie wandte sich wieder an mich. »Seiner Tochter aus eigener Kraft ein Studium zu finanzieren ist etwas, worauf man stolz sein kann, meinen Sie nicht auch?«

»Ja, das ist wirklich toll«, sagte ich ein bisschen zu überschwänglich. Ich versuchte einfach nur weiterzuessen.

»Wo sind Sie aufs College gegangen, William?«

Ich zögerte, schluckte und sagte dann, bemüht, nicht verlegen zu wirken: »Ich bin nicht aufs College gegangen, Ma'am.«

Mrs Wingfield musterte mich von oben bis unten, während sie ihr Weißweinglas hielt, als wäre es ein Highball. Solange ich einfach weiteraß, konnte mir nicht allzu viel passieren, dachte ich.

»Sarah ist schüchtern, weil sie glaubt, sie hätte zu dicke Beine«, verkündete ihre Mutter. Sarah war inzwischen vollkommen erstarrt.

»Aber ich habe früher jeden Tag zu Gott gebetet, dass er ihre Beine ein bisschen pummelig lässt, weil es sich Frauen mit schönen Beinen erlauben, uninteressant zu werden. Ich glaube, das stimmt. Wie ich – ich hatte attraktive Beine«, sagte sie, rieb sich mit ihrer knochigen Hand über das Bein, das sie über das andere gelegt hatte, und strich ihr Kleid glatt. »Aber es hat mir nur Ärger eingebracht.«

Sie nahm ihre Gabel und fing wieder an zu essen. Dann sah sie mich erneut an. »Für einen Ehemann sehen sie ein bisschen zu gut aus«, fuhr sie fort. »Bei gut aussehenden Männern muss man aufpassen. Die trinken.«

»William genießt deine Gesellschaft sehr, Mutter. Es ist wirklich nett mit dir«, sagte Sarah leise.

»Meine Tochter mag mich nicht«, sagte sie. »Und manchmal bin ich vermutlich auch wirklich recht unangenehm, aber das liegt nur daran, dass ich sie nicht annähernd so oft zu sehen bekomme, wie ich es mir wünschen würde. Ich vermisse sie bloß. Sie ist ein schönes Mädchen.« Mrs Wingfield streckte die Hand aus und fing an, an Sarahs Haar herumzuzupfen. »Der Liebe kann man nicht trauen. Freundschaft, wahre Freundschaft ist das einzige, worauf man sich verlassen kann. Sie werden schon sehen.«

Sarah versteckte beide Hände in den Ärmeln ihrer Bluse. Sie sah zu mir hoch und lächelte entschuldigend.

»Du musst meiner Mutter verzeihen«, sagte sie. »Sie liest zu viel *Reader's Digest* und neigt dazu, Vorträge zu halten.«

»Ja, aber ich habe immer darauf geachtet, ›nützlich zu sein‹, müssen Sie wissen«, sagte ihre Mutter, stand auf und schenkte sich Wein nach. »Ich habe mich immer gefragt: Wie kann ich mich möglichst nützlich machen? Und so spricht auch Gott zu uns. Aber daran denkt Sarah natürlich nicht. Sie will etwas ›Besonderes‹ sein.«

»Ich will nichts Besonderes sein, Mom. Ein Mensch kann auch ›nützlich‹ sein, wenn er singt. Die Welt braucht schließlich auch Sänger, oder nicht?«, fragte Sarah.

»Ja, aber deine Mutter nicht«, sagte sie und tat so, als ob sie es nicht ernst meinte. »Deine Mutter braucht überhaupt keine Sängerinnen. Und ich glaube, auch New York hat schon mehr als genug davon.«

»Du bist betrunken, Mom.«

Mrs Wingfield starrte ihre Tochter an. »Ja, das bin ich. Ich habe viele Fehler, und meine Tochter schmerzlich zu vermissen ist nicht mal der schlimmste von allen.« Erneut streckte sie die Hand aus und nestelte an Sarahs Kragen herum. »Aber ich kann meinem Herrgott ruhigen Gewissens gegenübertreten, und ich bin ein wenig besorgt um dich.«

»Wir werden sehen, Mom, wir werden sehen«, flüsterte Sarah.

»Und was ist mit Ihnen, Mr William … Wie heißen Sie mit Nachnamen?«, fragte sie wieder an mich gewandt. Sie hatte die kalten, leeren, grauen Augen eines Blinden. Mir wurde bewusst, dass ich noch nicht viel Zeit mit alten Menschen verbracht hatte.

»Harding«, sagte ich.

»Nun, Mr Harding, wie werden Sie unserem Herrgott gegenübertreten können?« Sie lächelte ein fettes, betrunkenes, wichtigtuerisches Lächeln.

»O Mutter«, flehte Sarah prompt und legte ihre Serviette auf den Tisch.

Ich starrte ihre Mutter einen Moment lang an und dachte über ihre Frage nach.

»Um ehrlich zu sein, Mrs Wingfield, bin ich der Ansicht, dass ich meinem Herrgott schon seit dem Augenblick gegenüberstehe, in dem ich Ihre Tochter getroffen habe.«

Danach sprachen wir überhaupt nicht mehr.

Nach dem Essen bat Sarah mich, auf der Veranda zu warten, während sie mit ihrer Mutter abwusch.

Das Haus war einstöckig im Ranchhaus-Stil erbaut und stand in einem Viertel mit Hunderten von identischen Häusern. Es war dunkel, doch ich spürte die Nähe der dichten grünen Bäume, die das Haus umgaben. Auf der Straße war kein Auto unterwegs. Die Luft war feucht und schwer. Hin und wieder sah ich zwischen den Büschen ein Glühwürmchen aufleuchten. Hunderte von Motten umschwärmten das Licht auf der Veranda wie Spermien. Das Haus war blau gestrichen, jedenfalls früher einmal. Ich wartete eine Weile, unsicher, ob es in Ordnung war, eine Zigarette zu rauchen. Ich war mir sicher, dass der Besuch einen ziemlich schrecklichen Verlauf nahm. Ich steckte meinen Kopf durch die Tür, um zu sehen, was los war, und hörte ein Gespräch zwischen Sarah und ihrer Mutter mit an, die über das Geklapper des Abwaschs hinweg miteinander sprachen.

»Ich möchte bloß nicht, dass du verletzt wirst«, hörte ich Sarahs Mutter sagen.

»Das werd ich schon nicht«, sagte Sarah.

Eine Weile sagten sie nichts.

»Er sieht aus wie David.«

»Das tut er nicht.«

»Er riecht wie David«, meinte ihre Mutter.

»Er riecht nicht wie er«, zischte Sarah.

»Er riecht wie irgendwas, was ich nicht mag.«

Ich war vor den Kopf geschlagen. Ich schnüffelte an meinen Achselhöhlen. Sie rochen okay. Ich sah an meiner Kaki-Hose hinab, die sehr viel zerknitterter war, als mir bisher aufgefallen war.

Ich ging wieder hinaus und schloss die Tür hinter mir.

Als Sarah herauskam, stand ich am Rand der Veranda, weit weg vom Licht und den Insekten. Sie trat vorsichtig auf den Holzboden, schloss die Tür und spähte noch einmal durchs Fenster nach drinnen. Dann kam sie wie ein Schulmädchen auf mich zugehüpft, fing lachend an, mit mir rumzumachen und gab mir fette, matschige, feuchte Küsse. Ich bremste sie.

»Dein Spruch hat ihr die Sprache verschlagen«, meinte sie lachend. »Dieses ganze Gerede über Gott und so tut mir leid. Das macht sie nur, wenn sie trinkt.« Sarah schlang ihre Arme um mich und stellte sich auf meine Stiefel.

»Es ist nicht gerade der Abend, den ich erwartet hatte«, sagte ich.

»Ich weiß, ich weiß, ich weiß, ich weiß«, sagte sie. »Aber du hältst dich großartig.« Sie lächelte zu mir hoch, ein großes, hoffnungsvolles Grinsen, wie um sicherzugehen, dass ich nicht sauer war.

»Wirklich?«

»Ja«, sagte Sarah, kniff mir ins Ohrläppchen und neckte mich, bevor sie leise und heimlich hinzufügte: »Komm, lass uns kuscheln.«

»Warte mal«, sagte ich und zog meine Stiefel unter ihren Füßen weg. »Ich will dich was fragen.«

»Okay, natürlich«, sagte sie, während sie aussah, als wäre sie im Begriff zu schrumpfen.

»Wer ist David?«

Sie erstarrte.

»Das hast du gehört?«, murmelte sie.

»Ja.«

»Nichts. Erwähne seinen Namen nicht, okay?«, sagte sie.

»Ist er dein früherer Freund?«

»Ja, aber wir wollen jetzt nicht über ihn reden. Willst du nicht ein bisschen knutschen?« Sarah zupfte sanft an mir und wollte mich von der Veranda ziehen.

»Also, hör mal, erst erfahre ich, dass ich rieche wie ein Typ namens David, dass deine Mutter … mich ganz allgemein ähm … du weißt, was ich meine?«

»O Gott.« Sarah atmete tief ein. Sie fing an, nervös an ihren Handgelenken herumzufingern. »Denk einfach nicht an die beiden, okay?«

»Weißt du, Sarah, eines Tages musst du mit mir reden«, sagte ich. Sie schwieg.

»Was hast du gemeint, als du gesagt hast, du würdest Gott in mir sehen?«, fragte sie.

»Ich weiß nicht«, erwiderte ich seufzend, lehnte mich über das Verandageländer und betrachtete den Dunst in ihrem Vorgarten. Die Luft war dick, sodass alles körnig aussah wie auf alten Fotografien. »Ist es okay, wenn ich eine Zigarette rauche?«

»Klar«, sagte sie nickend. Sie wollte nur, dass es mir gut ging. »Sei nicht wütend, okay?« Sie zupfte an meinem T-Shirt.

»Setz dich«, sagte sie, und wir hockten uns an den Rand der Veranda und ließen unsere Beine durch das Geländer baumeln.

»David und ich waren auf dem College drei Jahre zusammen«, begann sie. Ich wappnete mich für das Schlimmste und versuchte meine augenblickliche Verachtung für diesen David nicht zu deutlich zu zeigen. »Wir haben zusammen gelebt. Nach einer Weile meinte er, er könnte nicht einschlafen, wenn ich neben ihm im Bett liege. Also hab ich angefangen, auf der Wohnzimmercouch zu schlafen. Eines Nachts hörte ich ein Geräusch und ging in unser Schlafzimmer. Er hatte über die Feuerleiter ein anderes Mädchen reingeschmuggelt und bumste sie in unserem Bett.« Sie hielt inne. »Das Schlimmste ist, dass ich nicht mit ihm Schluss gemacht habe.« Während sie all das erzählte, starrte sie stur geradeaus, die Hände auf den Knien, während ihre Beine sanft über die Kante baumelten. »Nach Seattle zu ziehen war die einzige Möglichkeit, die Sache wirklich zu beenden. Wie du siehst, bin ich gar nicht so tough«, sagte sie und sah mich wieder an. »Ich versuche dir ja dauernd zu erklären, dass ich das bin, was man gemeinhin ein Trampel nennt.«

Es war still in Connecticut.

»Findest du es nicht merkwürdig«, fuhr sie fort, »dass dich, solange du ein Kind bist, Gott und die Welt dazu ermutigen, deine Träume zu verfolgen. Aber wenn du älter wirst, sind sie beleidigt, wenn man es auch nur versucht.«

Ich wollte ihr sagen, dass sie jeden verdammten Traum verfolgen sollte, der ihr in den Sinn kam, aber ich wusste, dass ich geklungen hätte wie ein Briefkastenonkel.

»Du solltest mit mir nach Frankreich kommen«, sagte ich.

»Wie meinst du das?«

Ich hatte eigentlich nie zuvor darüber nachgedacht, doch in diesem Moment erschien es mir völlig logisch.

»Komm mit nach Frankreich«, sagte ich.

»Das kann ich mir nicht leisten und du auch nicht«, sagte sie und warf mir einen total schrägen Blick zu.

»Die haben mir ein Erste-Klasse-Ticket geschickt. Ich bin sicher, das kann man gegen zwei für die Touristenklasse eintauschen.«

»Ich war noch nie in einem Flugzeug«, sagte sie mit leichter Panik in der Stimme.

»Dann komm mit.«

»Ich glaube, ich habe Angst vorm Fliegen«, meinte sie.

»Nein, hast du nicht.«

»Ich kann nicht mitkommen. Du musst doch arbeiten.« Sie nahm meine Arbeit ernster als ich.

»Komm mit«, sagte ich.

»Nein«, sagte sie entschieden und beendete die Diskussion. Sie stand auf und ging leise über die Veranda. »Komm her, komm hierher«, hauchte sie mit ihrer erotischsten Stimme. »Lass uns kuscheln. Mir ist nicht nach Reden.«

Ich schnippte meine Zigarette in den Garten und lief zu ihr. Meine Stiefel polterten schwer über den Holzboden.

»Pssst!« Sie kam mir entgegen, nahm mich an beiden Händen und führte mich leise nach hinten in den Garten. Wir verzogen uns unter eine riesige Kiefer, ihre geheime Burg aus Kindertagen. Sie legte sich auf das Nadelbett und drängte mich, zu ihr zu kommen. Ich kniete über ihr und knöpfte ihre Bluse auf. Dann schob ich so langsam wie möglich die Träger ihres BHs runter und entblößte ihre weißen Schultern. Ihre Brüste waren so blass, dass sie zu schimmern schienen. Sie drückte ihre Arme fest an ihren Körper, wie sie es immer tat, damit ihre Brüste nicht herabhingen. Sie wollte, dass ich sie küsste, und das tat ich.

Sie war wie ein Vogel, sicher und warm in seinem ersten Nest. Kiefernnadeln verhedderten sich im Gewirr ihrer Haare.

»Hast du ein Kondom?«, fragte sie.

»Nein«, antwortete ich.

»Dann können wir nicht.«

»O Gott«, stöhnte ich.

»Pssst«, flüsterte sie. »Du willst mich doch nicht schwängern, oder?«

»Doch«, sagte ich.

»Sag das nicht.«

»Okay, dann nicht.« Ich küsste ihren Hals. Sie blickte auf zu der Decke aus Kiefernzweigen. Ich spürte, wie ihr Herz schlug, auch wenn ich es nicht hören konnte. Einen Moment lang empfand ich eine nie gekannte Ruhe. Jede Nervosität war aus meinem Körper gewichen. Wenn ich in ihr sein könnte, dachte ich, könnte ich sterben. Ich lag wach und spürte lange ihren Körper, überzeugt, sie würde schlafen.

»Ich wünschte, ich wäre alt«, sagte sie wehmütig in die Stille hinein. »Dann müsste ich mir nicht mehr so viel Sorgen um die Zukunft machen.«

»Wenn du alt bist«, sagte ich, »wird deine Zukunft noch unsicherer sein als jetzt.«

Als wir das Haus durch die quietschende Tür wieder betraten, war Sarahs Mutter noch hellwach. Sie saß im Licht einer einzelnen kleinen Lampe und tat nichts, außer auf uns zu warten. Mrs Wingfield hatte mir die Wohnzimmercouch bezogen.

Sie zeigte mir das Bad, wo ich mich »frisch machen«

sollte. Ich hatte keine Zahnbürste oder so was mitgebracht, also ging ich nur rein und machte eine Menge Lärm. Ich hörte, wie Sarah und ihre Mutter nebenan kicherten. Irgendwann zwischendurch schlüpfte Sarah ins Bad und schloss rasch die Tür hinter sich.

»Ich komme mit dir nach Paris, wenn du noch willst, aber wir müssen eine Woche früher fahren, und ich fliege zurück, bevor du mit deiner Arbeit anfängst.« Sie hatte einen alten Schlafanzug angezogen und klang förmlich.

»Okay?«, fragte sie.

»Okay«, sagte ich.

»Dann gute Nacht.« Sie kam zu mir und küsste mich auf die Wange. Ihre Lippen waren kühl, feucht und sauber. Sie lächelte herzlich und ging hinaus. Als sie sich umdrehte, sah ich, dass in ihren Haaren noch immer ein paar verirrte Kiefernnadeln hingen.

Neun

So hat man mir die Geschichte erzählt.

Meine Mutter und Danielle, ihre beste Freundin seit der dritten Klasse, beide sechzehn, saßen auf den weißen Plastikbänken vor dem Dairy Queen. Danielle hatte glattes schwarzes Haar, während das meiner Mutter schmutzig blond war. Laut meiner Mutter war Danielle die Hübsche. Danielle hatte Busen. Sie sahen den Autos nach, die auf dem Jacksboro Highway vorbeifuhren, und unterhielten sich darüber, was für ein »Drecksloch« Fort Worth, Texas, war. In jüngster Zeit hatten die beiden Mädchen angefangen, sich nach der Schule in der Garage von Danielle gegenseitig Sprachunterricht zu geben, um ihren texanischen Akzent loszuwerden.

Es war im Herbst ihres vorletzten Jahres auf der Highschool. John Jaegerman fuhr in einem Plymouth vor. John war Danielles gelegentlicher Freund.

»Hey, was geht ab?«, rief John vom Beifahrersitz des Wagens. Die Mädchen antworteten nicht. »Hey, Jesse«, sagte er zu meiner Mutter, »wie wär's, wenn du Danielle ausredest, sauer auf mich zu sein, und dann steigt ihr beide zu mir und Vince hier in den Wagen – und wir machen eine kleine Spritztour nach Dallas? Trinken vielleicht ein paar Bierchen.«

»Wir müssen morgen zur Schule, du Schwachkopf«, brüllte meine Mutter gegen den Motorlärm an, ohne ihren Akzent verbergen zu können.

Nicht nur Danielle war sauer auf John Jaegerman.

John hatte schwarzes Haar, das er in einem Bürstenschnitt trug. Er hatte immer Bluejeans und eine Jeansjacke an. Meine Mutter und John waren im selben Biologiekurs. In der Woche zuvor hatten sie einen Test geschrieben, und John Jaegerman war, als der Lehrer für einen Moment die Klasse verlassen hatte, aufgestanden, zum Lehrerpult gegangen, hatte das Lösungsblatt gefunden und alle Antworten laut vorgelesen. John und meine Mutter waren die Einzigen, die bei dem Test nicht die volle Punktzahl erreicht hatten. Meine Mutter nicht, weil sie so angewidert von seinem Benehmen war, dass sie sich geweigert hatte zuzuhören. Und John nicht, weil er, wieder auf seinem Platz, bei meiner Mutter abgeschrieben hatte.

»Ach, komm schon, Jesse, wir sind zurück, bevor irgend jemand richtig Ärger kriegt«, sagte John, stieg aus dem Auto und machte seinem Freund ein Zeichen, dasselbe zu tun.

Sein Freund war groß und schlaksig, er hatte Mühe, sich mit seinen langen Beinen vom Fahrersitz zu schlängeln. Sein schlanker Körper war in ein weißes T-Shirt gehüllt. Sein Haar war struppig. Meine Mutter fand, dass er der attraktivste Junge war, den sie je gesehen hatte.

»Kennt ihr Vince?«, fragte John Jaegerman. Die Mädchen sagten nichts. »Also, das ist Vince Harding.« An Vince gewandt, sagte er: »Vince, das ist Jesse, und die da drüben ist Dan. Aber Dan ist sauer auf mich. Hab ich nicht recht, Dan?«

»Ich bin nicht sauer auf dich, John Jaegerman. Du langweilst mich bloß«, sagte Danielle.

»Jesse, würdest du Dan sagen, dass sie das einzige Mädchen ist, das ich je lieben werde?«, fragte John grinsend und setzte sich neben meine Mutter.

»Jesse, würdest du John Jaegerman sagen, dass er sich das beim nächsten Mal überlegen soll, bevor er ein Auto klaut?«

Vor ein paar Wochen war John in einem gestohlenen Kombi erwischt worden. Irgend jemand hatte die Familie, deren Wagen er gestohlen hatte, überredet, keine Anzeige zu erstatten.

»Was ist mit Ihnen, Mr Vince? Reden Sie gar nicht?«, fragte meine Mutter. Vince hatte, die Hände in den Taschen, bloß dagestanden und zugehört. Vince hatte im Frühjahr seinen Highschool-Abschluss gemacht und schlug jetzt die Zeit tot, bis er in Houston aufs College gehen würde. Meine Mutter hatte ihn im Jahr zuvor schon ein paarmal in der Schule gesehen, ihn aber noch nie reden gehört. Er hing für gewöhnlich mit den intelligenten Jungens rum.

»Ich kenne einen Witz«, sagte er, blickte zu Boden und grub seinen Stiefelabsatz in irgendwelchen Dreck.

»Na, dann lass mal hören«, sagte Danielle. Meine Mutter brauchte ihn nicht mehr zu hören. Sie war schon jetzt hoffnungslos verknallt. Sie lauschte dem Klang seiner Stimme und dachte, was für einen guten Vater er abgeben würde.

Als der Witz zu Ende war, lachte niemand, aber meine Mutter meinte: »Komm, Dan, lass uns nach Dallas fahren.«

An diesem Abend gab Vince ihr auf der Veranda ihres Elternhauses einen Gute-Nacht-Kuss. Sie hatten beide eine Bierfahne. Acht Monate später wurde ich gezeugt, auf dem Rücksitz desselben Plymouth.

Ich dachte oft an diese Geschichte. Ich fragte mich, ob Sex in Texas leichter war als in New York. Ich fragte mich, was mein Vater mit meiner Mutter geredet hatte. Ich fragte mich, wie sich andere Männer ganz allgemein benahmen, wenn sie mit Frauen allein waren.

Zehn

In Paris ging alles den Bach runter.

Bis wir ein Hotel gefunden hatten, war es dunkel. Das Hôtel de Nesle. Unser Zimmer lag in der fünften Etage, die man über eine Wendeltreppe erreichte, drei Stockwerke vom Bad entfernt. Es gab ein Waschbecken, einen kleinen Tisch mit einer Lampe, einem Stuhl und ein Einzelbett. Ich glaube, wenn wir nicht so kaputt gewesen wären, hätte es uns sehr gefallen. Eine Wand war mit einem Comic-artigen Bild eines großen, fetten Typen auf einem Kamel bemalt, dem Blitze entgegenschlugen. Unter dem Gemälde stand »Saint-Paul sur le chemin de Damas«. Die gegenüberliegende Wand wurde von einem großen Fenster mit Blick auf die Straße beherrscht. Sarah saß im Schneidersitz auf dem Bett, die Schuhe noch an, als hätte sie Angst vor dem Fußboden.

Es sollte die letzte Woche sein, die wir gemeinsam verbrachten.

Sarah sah zu, wie ich im Zimmer herumhantierte und mir ein frisches T-Shirt anzog. Sie wollte, dass ich etwas sagte. Eine große Fliege summte um die Glühbirne an der Decke, stieß immer wieder dagegen und machte einen Mordskrach. Ich schlug mit meinem Hemd nach ihr.

»Nicht totmachen«, sagte Sarah fast unhörbar.

Wir sahen zu, wie das Viech herumschwirrte. Mir wurde bewusst, dass ich noch nie alleine mit einer Frau gereist war. Ich spürte deutlich, dass wir ein eigenartiges Mann-und-Frau-Spiel spielten.

»Kommt dir das Leben anderer Menschen manchmal auch greifbarer vor als dein eigenes?«, fragte sie, noch immer die Fliege beobachtend.

»Wie meinst du das?«

»Manchmal kann ich mein eigenes Leben gar nicht spüren«, sagte sie verzweifelt.

Ich sah sie nicht an. Mir war nicht nach einer großen Diskussion. »Wir sind bloß müde«, sagte ich, stützte den Kopf in die Hände, nahm meine Brille ab und rieb mir die Augen. »Ich wasch mir kurz das Gesicht.« Ich bewegte mich Richtung Tür.

»Ich finde, wir sollten heute Abend miteinander schlafen«, sagte sie.

»Ach wirklich?«, fragte ich und drehte mich um. »Das hast du entschieden?«

»Ja, aber ich will dir erst ein paar Fragen stellen.«

»Ähm … okay, schieß los.« Ich wusste nicht, was das sollte. Ich stand da und sah sie im Schneidersitz auf dem Bett sitzen. Sie hatte die Hand in einen ihrer Schuhe gesteckt und massierte ihren Fuß. Offensichtlich hatte sie lange über dieser Idee gebrütet.

»Hast du irgendwelche Krankheiten?«, fragte sie, zog ihre Schultern hoch, sah zu mir auf und lächelte ein wenig.

»Nein«, sagte ich. »Keine Krankheiten.«

»Okay, gut. Bist du getauft?«, fragte sie.

»Nein«, sagte ich.

»Nicht?«, fragte sie entsetzt.

»Nein«, sagte ich. »Bin ich jetzt durchgefallen?« Ich war wirklich müde. Ich hatte den ganzen Tag unser Gepäck kreuz und quer durch Paris geschleppt.

»Warum hast du solche Angst davor, mit jemandem zu schlafen?«, fragte ich, am Bettrand stehend.

Sie sah zu mir hoch. Das Summen der Fliege war das einzige Geräusch im Zimmer.

»Ich glaube nicht, dass Gott mich besonders mag«, sagte sie.

Ich hatte keine Ahnung, was ich darauf antworten sollte. Ich setzte meine Brille wieder auf. Ich wusste nicht, was ich mir dabei gedacht hatte, sie über einen Ozean mitzuschleppen. Sie wirkte zerbrechlich. Ich konnte erkennen, wie sehr sie sich wünschte, zu Hause zu sein.

»Hör mal, warum duschen wir beide nicht einfach und schlafen dann, okay?« Ich fing an, meine Tasche auf der Suche nach einem Stück Seife zu durchwühlen.

»Hast du keine Angst vorm Sterben?«, fragte sie.

»Eigentlich nicht. Ich glaube nicht.«

»Ich schon«, sagte sie schlicht.

»Wenn du an Gott glaubst, warum hast du Angst vorm Sterben?«

»Ich glaube nicht an Gott«, erwiderte sie. Sie kaute auf

den Spitzen einer Haarsträhne herum. »Ich bin keine besonders amüsante Begleiterin, was?«

»Mach dir deswegen keine Sorgen, okay? Morgen amüsieren wir uns.« Ich saß noch immer in der Hocke und kramte in meinen Sachen.

»William«, sagte sie. Ich drehte mich um und sah sie an. Ihre Augen leuchteten grün. Sie stieg vom Bett. Sie hatte ein schwarzes Kleid mit Blumenmuster an, das knapp bis über ihre Knie reichte, burgunderrote Strümpfe, adrette grüne Schuhe und einen knappen braunen Pullover mit Knopfleiste. Sie griff sich ins Haar und löste ihre beiden silbernen Spangen. Sie stand so steif da, als würde sie frieren. »Ich will mich aber jetzt amüsieren«, sagte sie leise.

Langsam knöpfte sie ihren Pullover auf, streifte ihn über die Arme ab und ließ ihn zu Boden fallen. Sie zwängte einen Arm und eine Schulter aus ihrem Kleid und streifte das Kleid über den anderen Arm ab, bis es ebenfalls zu Boden fiel. Ich richtete mich auf. Sie stand, nur mit ihrem schwarzen BH, ihrer silbernen Halskette, ihrer roten Strumpfhose und ihren Schuhen bekleidet, im gelben Licht. Ich steckte die Hände in die Hosentaschen. Durch die durchscheinende Strumpfhose konnte ich ihren weißen Slip erkennen. Ihr Bauch quoll in seltsamen Falten über das enge Gummi um ihre Hüfte. Sie streifte sich mit den Füßen behutsam die Schuhe ab. Dabei beobachtete sie mich. Sie rollte ihre Strumpfhose bis zu den Knien hinunter und zog vorsichtig erst das eine, dann das andere Bein heraus. Sofort sah sie mich wieder an. Ich sagte nichts. Sie griff in ihren Rücken und hakte ihren BH auf, sodass ihre weißen Brüste frei herabfielen. Ihre silberne Halskette ruhte zwischen ihren beiden großen roten Brustwarzen. Sie schob ihren Daumen unter das Gummi ihres Slips, beugte sich vor und streifte ihn bis auf die Knöchel hinunter. Sie machte zwei schüchterne Schritte, schüttelte den Slip von ihrem Fuß und richtete sich auf. Sie war nackt.

Ihr rechter Fuß war leicht nach innen gedreht, und ihr ganzes Bein zitterte fast unmerklich. Ich sah, wie sich ihre Brust im Rhythmus der kurzen, schwachen Atemzüge bewegte. Ich wollte sie in den Arm nehmen, doch ich spürte, wie mein eigenes Herz rasend pochte. Ich zog die Hände aus den Taschen, ging auf sie zu und fasste sie an den Handgelenken. Ich beugte mich herab, um sie zu küssen. Ihr Mund war kalt und starr.

»Warum tust du das?«, fragte ich sie so sanft wie möglich.

»Mach das Licht aus«, flüsterte sie. »Ich möchte, dass du mit mir schläfst.«

Ich machte das Licht aus. Sie stand noch immer in der Mitte des Zimmers. Ich zog meine Hose aus und legte meinen Arm um ihre Schulter. Ich hoffte, dass meine Hand kräftig wirkte. Sarahs Haut fühlte sich so sauber an. Ich konnte den Duft ihres Haares bis in die Magengrube spüren. Sie zitterte, als ich sie auf das Bett legte. Sie hob die Laken an und krabbelte darunter. Ich zog meine Unterhose aus und legte mich neben sie. Ihre Beine waren kühl. Ich versuchte mich daran zu erinnern, das Atmen nicht zu vergessen. Ihre Halskette hatte sich unter ihrem Kinn verheddert und sah aus, als ob sie ihr wehtun würde. Ich streifte die Kette über ihren Kopf. Es war stockdunkel. Ich spürte, wie Sarah die Luft anhielt, als ich in sie eindrang.

»Halt«, sagte sie, »warte. Hol ein Kondom. In meiner Handtasche sind welche.«

Ich war überrascht, wie sorgfältig sie diesen Abend geplant hatte. Ich stand auf, um das Gummi zu holen, doch im selben Moment wusste ich, dass ich nicht mit ihr schlafen können würde. Ich hasse Vorkehrungen. Ich war so nervös, dass ich nicht mal eine Faust zustande brachte. Ich musste an eine Geschichte denken, die Sarah mir erzählt hatte, über den Tag, an dem ihr Vater ausgezogen war. Als ihre älteren Brüder ihr erzählten, dass ihr Vater weg war, glaubte sie ihnen nicht. Sie rannte durchs ganze Haus, suchte ihn in und unter den Schränken, weil sie dachte, es wäre eine Art Versteckspiel für Fortgeschrittene.

Ich hatte das Gefühl, dass mir so viel Blut in den Kopf geschossen war, dass ich mich Vorbeugen musste. Meine Erektion hatte eilig den Rückzug angetreten. Als ich mit dem Kondom in der Hand wieder ins Bett stieg, spürte ich, wie mein Penis auf so kleine Größe zusammenschrumpfte, wie ich es nie für möglich gehalten hätte.

»Scheiße«, sagte ich laut.

»Was? Was ist los?«, fragte sie flüsternd.

»Ich kann nicht«, sagte ich, zu einer kompletten Selbstentblößung gezwungen. Ich musste an einen Typ denken, mit dem meine Mutter eine Zeit lang ausgegangen war und der mich immer ein Muttersöhnchen genannt hatte. Ich wollte nicht an meine Mutter denken. Ich brachte kaum ein Wort hervor. Meine Kehle war vollkommen ausgetrocknet. Ich wollte einfach nur ins Bad gehen und mit dem Kopf zehnmal gegen die Wand rennen.

»Was ist denn?«, fragte sie und richtete sich, das Laken

über ihren Brüsten, im Bett auf. »Willst du nicht mit mir schlafen?«, fragte sie und wischte sich die Nase.

»Doch, schon. Ich kann nur im Augenblick nicht.«

»Warum nicht?«

Ich konnte ihr nicht antworten. Am liebsten wäre ich verschwunden.

»Warum nicht?«, wiederholte sie.

»Hör mal, Sarah, lass uns einfach schlafen.« Ich drehte mich zur Wand. Ich spürte, wie sie mich noch immer im Sitzen beobachtete. Nach einer Weile, die mir vorkam wie eine Stunde, hörte ich sie erneut fragen: »Was ist los?«

Ich streckte den Arm aus und zog sie an mich. Aus irgendeinem Grund konnte ich nicht sprechen. Ich konnte nicht mal denken. Ich hatte das Gefühl, mein Hinterkopf würde platzen. Ich überlegte, warum Sarah mich gefragt hatte, ob ich getauft war. Ich überlegte, warum ich nicht getauft war. Ich nahm mir vor, meine Mutter anzurufen, wenn ich nach Hause kam. Ich sah zu dem Bild des heiligen Paulus an der Wand und wünschte, ich würde seine Geschichte kennen.

Ich lag stundenlang wach. Schließlich hörte ich, wie ihr Atem sich veränderte, und ich wusste, dass sie eingeschlafen war. Irgend etwas an diesem Mädchen brachte mich total durcheinander. Ich starrte an die Decke und folgte den Rissen mit den Augen.

Eine ihrer Brüste lag schwer auf meiner Brust. Eines ihrer Beine hatte sich zwischen meine geschoben. Ihre Hand lag auf meinem Bauch. Ich küsste sie auf die Wange. Ihr ganzer Körper war jetzt warm und roch nach Schlaf. Ich spürte, wie ich mich entspannte. Ich küsste ihren Hals. Sie schlief noch immer. Ich legte mich auf sie, sodass ihre beiden Brüste an meinen Körper gedrückt wurden. Ihr Kopf sank auf ihre Schultern. Vor dem Hintergrund des weißen Kissens bildeten ihre schwarzen Haare wilde Muster. Ich schob meine Hand unter ihr Kreuz und meine Beine zwischen ihre. Sie schlief noch immer. Ich küsste sie auf den Mund und glitt in sie. Sie wachte auf. Sie atmete heftig und wild ein, küsste mich und schlang ihre Arme um meine Schultern.

»Trägst du ein Kondom?«, fragte sie leise.

»Nein.«

»Macht nichts«, sagte sie. »Ist schon gut.«

Als ich am Morgen aufwachte, betrachtete Sarah mich. Sie saß, die Füße auf dem Bett, auf dem kleinen Holzstuhl. Sie hatte ein Handtuch um ihre Brüste und ein T-Shirt um ihren Kopf gewickelt. Ihr Gesicht war vom Duschen noch nass und gerötet. Sie sah aus wie eine arabische Prinzessin. Sie hatte die Fenster aufgemacht. Das Zimmer roch süß und sauber.

»Du siehst ja ziemlich fesch aus heute Morgen«, sagte ich.

Sie biss sich auf die Unterlippe, grinste und sah weg. Ich stellte mich nackt aufs Bett und trommelte mir tarzanmäßig mit den Fäusten auf die Brust. Sie hielt sich die Ohren zu.

»Wir sind in Paris«, flüsterte sie, als wäre es ein Geheimnis. Ich setzte mich wieder, zog meine Unterhose an und sah aus dem Fenster.

»Sag es«, sagte ich.

»Was soll ich sagen?«

»Du weißt schon, sag es.«

»Was?«

»*Wie kamst du her? O sag mir, und warum? Die Gartenmau'r ist hoch, schwer zu erklimmen*«, erklärte ich ihr.

»Nein«, sagte sie.

»SAG ES.«

»Warum?«

»Weil es lustig ist.«

»Meinetwegen: Wie kamst du her? O sag mir, und warum? Die Gartenmau'r ist hoch, schwer zu erklimmen«, sagte sie völlig ausdruckslos.

»DER LIEBE LEICHTE SCHWINGEN TRUGEN MICH; KEIN STEINERN BOLLWERK KANN DER LIEBE WEHREN; UND LIEBE WAGT, WAS IRGEND LIEBE KANN: DRUM HIELTEN DEINE VETTERN MICH NICHT AUF«, deklamierte ich mit ausgebreiteten Armen für sie.

»Fühlst du dich jetzt besser?«, fragte sie.

Die nächsten paar Tage verbrachten wir im Hotel, während es draußen regnete. Die Fenster unseres Hotelzimmers beschlugen von innen, während außen die Regentropfen an der Scheibe hinabliefen. Der Geruch von Sex hing schwer in der Luft. Ich wollte nie wieder duschen. Meine Hände, meine Arme, mein Gesicht, alles roch nach Sarah.

Einmal, nachdem wir miteinander geschlafen hatten, beobachtete ich, wie Sarah mir das Kondom abstreifte, einen ordentlichen kleinen Knoten machte und es wegwarf. Sofort war ich mega eifersüchtig. Wo hatte sie das gelernt?

Sie ging duschen und ließ mich mit meinem Elend allein. Ich fragte mich, warum sie so lange brauchte. Warum wollte sie überhaupt duschen? Doch als sie zurückkam, war alles verziehen.

Manchmal flocht sie ihr Haar und redete unbekümmert über alberne Filme. Wir spielten unzählige Runden Rommé. Oder sie saß im Fenster, sah dem Regen zu und sang Lieder. Und ich sagte: Sing »dieses eine« noch mal. Wir tranken Wein. Betrunken war sie unkompliziert. Sie lachte unaufhörlich, und ihre Stimme klang glatt und samtig wie eine Klarinette. Wir machten den ganzen Tag rum, bis es wehtat. Die Luft erhitzte sich. Wir schwitzten. Es war schwer zu sagen, ob sie mich küsste oder berührte; ihr ganzer Körper war ebenso feucht wie ihr Mund.

Gute Touristen waren wir nicht. Wenn es aufhörte zu regnen, machten wir kaum etwas anderes als rumzulaufen. Wir waren zum ersten Mal im Ausland. Wir fanden sogar französische Cola-Dosen faszinierend. Sarah ging immer auf dem Bordstein und ich auf der Straße, so waren wir gleich groß und konnten Händchen halten.

Wir sahen eine alte Frau, die ihren Basset anschrie. Der Hund sabberte bloß friedlich über den Bürgersteig, und die Frau keifte ihn die ganze Zeit an. Hey, Madame, dachte ich für mich, der Hund spricht kein Französisch. Frankreich war wunderschön. Sogar die Lichter der Porno-Shops hatten Klasse.

Sarah hatte extra Geld mitgenommen, um sich ein Kleid zu kaufen. Wir fanden einen Secondhandladen, und ich sah Sarah bei ihrer Einkaufszeremonie zu. Jedes Mal, wenn sie aus der Umkleidekabine zurückkam, grinste sie mich an. Es erinnerte mich daran, wie es war, mit meiner Mutter einkaufen zu gehen.

Jedes Mal, wenn meine Mutter Klamotten kaufen gegangen war, hatte ich mich elend gefühlt. In solchen Momenten vermisste ich meinen Vater. Ich wanderte ganz allein durch das Einkaufszentrum und tat so, als ob ich ein Waisenkind wäre. Danach ging es mir besser. Waisen hatten keine Vergangenheit. Sie konnten Menschen lieben, ohne von ihnen enttäuscht zu werden. Manchmal stahl ich eine Packung Camel, ging nach draußen und rauchte sie in der Nähe der älteren Kids. Oder ich rannte durch das Einkaufszentrum, als wäre ich Tony Dorsett von den Dallas Cowboys.

Aber mit Sarah war es schön, einfach nur da zu sein. Ich saß gelassen herum und wartete darauf, das nächste Outfit zu kommentieren. Sie entschied sich für ein schwarzes schulterfreies Kleid, zu dem lange schwarze Handschuhe gehörten, die bis zu den Ellenbogen gingen. Für mich wählte sie einen alten grünen Anzug aus und bestand darauf, dass wir beide ganz groß und piekfein essen gingen.

Das Bestellen machte Spaß. Sarah konnte ein bisschen Französisch – sie hatte es zwei Jahre lang in der Highschool gelernt –, aber ich war vollkommen hilflos. Wir bestellten Käsefondue. Die Wände des Restaurants waren dunkelrot, und unser Kellner hatte einen perfekten schmalen französischen Schnurrbart. Das Lokal wurde fast nur von Kerzen beleuchtet. Es war ein französisches Restaurant wie aus dem Bilderbuch. Der Kellner war freundlich, wenn auch für meinen Geschmack ein wenig zu herzlich zu Sarah. Dauernd betatschte er ihre bloße Schulter. Sie saß auf dem Platz an der Wand, und ich saß ihr gegenüber.

»Ich glaube, ich wurde gezeugt, als meine Eltern zum letzten Mal miteinander geschlafen haben«, sagte Sarah und tunkte ein Stück Brot in ihr Fondue, bemüht, ihre Handschuhe nicht zu bekleckern.

»Eines Tages ging mein Vater in eine Reha-Klinik in Albany und kam nie mehr zurück. Er war Alkoholiker«, sagte sie. »Aber er hat mir einmal die Woche geschrieben, von dem Tag an, an dem er gegangen ist, bis ich aufs College ging.«

»Und was war dann?«, fragte ich. Ich in meinem Anzug und Sarah mit ihrem eleganten Kleid gaben ein wahrhaft kosmopolitisches erwachsenes Paar ab, fand ich.

»Sobald ich auf dem College war, besuchte er mich«, sagte sie. »Er wollte nur meine Mutter nie wiedersehen. Seine Briefe waren das Schönste an meiner Kindheit. Sie kamen immer in diesen dunkelblauen Umschlägen an, und ich bewahrte sie in einer Truhe unter dem Bett auf. Ich liebte es und fand es besonders toll, dass sie blau waren, weil er, als er noch mit uns zusammenlebte, immer in seinem blauen Arbeitshemd nach Hause kam und sich vor den Fernseher hockte, und ich saß auf der Lehne der Couch und kratzte seinen Rücken. Ich kratzte seinen Rücken so lange, wie meine Mutter mich ließ. Wenn ich abends schlafen ging, waren meine Finger immer ganz blau.«

»Und das hat dir gefallen?«, fragte ich.

»Ja, hat es.« Sie nickte und strich sich durchs Haar, ihre Hände noch immer in den langen schwarzen Handschuhen. Dort an jenem Abend war sie glücklich. Ich weiß es. Sie schaute mich und dann alle anderen Gäste in dem dunklen Lokal an.

»Kannst du mich sehen?«, fragte sie.

»Ja«, sagte ich.

»Gut«, sagte sie. Dann verschränkte sie verstohlen die Arme, sodass ihre Hände auf ihren Brüsten lagen, und schob ihr Kleid ganz langsam nach unten, wobei sie sich weiter mit den Händen bedeckte. Ich hatte keine Ahnung, was sie vorhatte. Ihre Augen strahlten hell und lasziv. Sie nahm ihre Hände von den Brüsten und entblößte sie für mich und alle Welt.

»Möchtest du, dass ich dir den Rücken kratze?«, fragte sie so leise, dass ich sie kaum hörte.

»Ja«, war offenbar alles, was ich hervorbrachte. Ich fühlte mich in meinem neuen Anzug auf einmal unerträglich unwohl.

»Wirklich?«, fragte sie. Ich nickte. Sämtliches Blut schoss mir ins Gesicht.

»Geh auf die Toilette«, sagte ich.

»Warum?«, fragte sie und sah mich mit ihrem schüchternsten Blick an, ihre Brüste noch immer für alle Welt entblößt.

»Geh einfach«, sagte ich. Sie schob ihr Kleid wieder hoch, strich ihre Handschuhe glatt und entschuldigte sich.

Auf dem ganzen Nachhauseweg verbarg Sarah ihr Gesicht hinter meinem Rücken.

»O mein Gott«, sagte sie immer wieder. Dann sah sie mich an und verbarg erneut ihr Gesicht. Sich auf der Toilette zu lieben, war gar nicht so einfach gewesen. Sie stand mit dem Gesicht zum Waschbecken und ich hinter ihr. Ich hatte meine Brille auf, sodass ich uns im Spiegel beobachten konnte. Ihr Gesicht war rot und fleckig. Sie hatte die Brüste einer ausgewachsenen Frau, und ich konnte sehen, wie meine Hand über sie wanderte. Sie sah nicht aus wie meine Hand. Ich kam mir vor wie ein kleines Hündchen, dessen Pfoten zu groß für seine Beine sind.

Als wir ins Hôtel de Nesle zurückkamen, setzte Sarah sich, noch immer in förmlicher Abendgarderobe, aufs Bett. Sie fing an, eine Tafel Pfefferminzschokolade auszupacken, die das Zimmermädchen uns dagelassen hatte.

»Ist es okay, wenn ich sie esse?«, fragte sie.

»Logo«, sagte ich.

»Möchtest du sie nicht?«, fragte sie.

»Nein.«

»Eigentlich sollte ich sie nicht essen«, sagte sie. »Ich hab schon die von gestern Abend gegessen.«

»Nun iss schon«, sagte ich und zog mein Jackett aus.

»Nein, iss du sie«, sagte sie und brachte mir die Schokolade.

»Ich möchte sie wirklich nicht.«

»Dann ess ich sie«, warnte sie mich.

»Ich will, dass du sie isst.«

»Hast du keine Angst, dass ich fett werde?«, fragte sie.

»Nein.«

»Und es stört dich nicht, wenn ich morgen einen Pickel kriege?«, fragte sie.

»Wie groß?«

»Nicht sehr groß«, sagte sie. Sarah war eine Frau, die Schokolade liebte. Sie hatte im Laufe des Tages schon drei

Schokoladen-Crêpes gegessen, wobei jeder Kauf von der gleichen Debatte eingeleitet worden war.

»Okay, diese eine noch, aber dafür ess ich morgen gar keine«, sagte sie. Sie setzte sich wieder und verputzte systematisch die Schokolade. Sie brach sie in kleine Stücke, die sie sich nacheinander in den Mund schob.

Sarah war nicht sexy, wie andere Menschen sexy sind. Sie hatte keinen straffen oder strammen Körper oder so etwas. Sie war komisch, so wie es komisch ist zuzusehen, wenn Leute im Bus einschlafen und ihr Kopf immer weiter nach unten sackt, bis sie plötzlich hochschrecken. Sie war menschlich, der menschlichste Mensch, den ich je getroffen habe, und das war sexy.

Als Kind hatte ich so viel Zeit damit verbracht, anderen etwas vorzumachen. Meine Mutter und ich gingen aus und taten so, als ob wir eine Familie wären. Ich saß da und fragte mich, wo mein Vater wohl aß. Mit Sarah brauchte ich keinen von beiden. Wir konnten unsere eigene verdammte Familie gründen.

»Lass uns heiraten«, sagte ich. Ich wollte ihr sagen, dass ich sie liebte, dass ich alles an ihr liebte. Ich liebte die Gefühle, die sie in mir auslöste, selbst wenn es mir mies ging. Ich liebte die Art, wie sie ein Kleid kaufte, wie sie auf Toiletten Sex machte, wie sie Schokolade aß. Ich liebte ihre Mutter, ihren trinkenden und Briefe in blauen Umschlägen verschickenden Vater. Ich liebte jeden ihrer Gedanken.

»Wenn wir heiraten, kriegt meine Mutter einen Herzinfarkt«, sagte Sarah, die Zähne mit Schokolade beschmiert.

»Na gut, scheiß drauf«, sagte ich. »Lass uns ein Kind zusammen haben.«

Das war noch so ein Ding. Jedes Mal wenn ich mit Sarah schlief, wollte ich ihr ein Kind machen. Wirklich. Ich dachte, es wäre perfekt: »Mann findet bei schwangerer Frau zu sich selbst.«

»Keine Babys«, sagte sie und zog ihre Handschuhe aus.

»Also gut, keine Babys«, sagte ich. »Soll ich noch ein bisschen Wein holen?« Ich wusste, dass ich ihr, wenn ich noch viel länger im Zimmer blieb, erklären würde, dass ich sie liebte, und ich war mir nicht sicher, ob das eine besonders gute Idee war. Ich hatte Angst, dass sie vielleicht nicht genauso empfand und dass uns das verlegen machen würde. Ich hatte Mühe stillzustehen.

»Ein bisschen Wein wäre super«, sagte sie, »aber ich will nicht noch mal rausgehen.«

»Nein, nein, mach dir deswegen keine Sorgen«, sagte ich. »Ich hol ihn.«

»Bist du sicher?«

»Ja.« Ich konnte mich noch immer nicht hinsetzen.

»William, ist alles in Ordnung?«, fragte sie und zwang mich, sie anzusehen.

»Ja, mir geht's prima«, sagte ich. »Ich muss nur ein bisschen frische Luft schnappen.«

»Na, dann geh und hol uns Wein und vielleicht auch Orangensaft für morgen früh.«

»Ja, gut«, sagte ich und zog meine Jacke wieder an. »Bis gleich.«

»Ciao«, sagte sie. Ich verließ das Zimmer und schloss die Tür hinter mir. Ich stand an der Wendeltreppe. Das Hotel war still. Ich konnte das Summen des Flurlichts hören und einen Gast, der etliche Stockwerke tiefer seinen Schlüssel ins Schloss steckte. Ich beschloss, noch einmal zurückzugehen und mich dafür zu entschuldigen, dass ich so seltsam wirkte.

Als ich die Tür öffnete, saß sie noch immer auf dem Bett.

»Was ist los?«, fragte sie.

»Nichts«, sagte ich. »Ich bin sofort zurück.« Ich machte die Tür wieder zu und trat erneut in den Flur. Manchmal war es so schwer, in ihrer Nähe zu sein. Sie öffnete die Tür hinter mir und kam barfuß in den Flur.

»Worauf wartest du?«, fragte sie.

»Ich weiß nicht. Ich hatte auf einmal einen nervösen Anfall.« Ich starrte auf ihre Füße. Sie hatte ihre Zehen zusammengekrallt. Der Boden musste kalt sein, denn er war nicht mit Teppich oder irgendwas ausgelegt.

»Küss mich«, sagte sie. Das tat ich.

»Ich liebe dich«, flüsterte sie. Ich blickte von ihren Füßen hoch.

»Ich liebe dich auch«, sagte ich.

»Los, hol uns Wein«, sagte sie.

»Ich bin schon unterwegs«, sagte ich und sauste die Treppe hinunter.

»Vergiss den Orangensaft nicht«, rief sie mir nach.

Ich lief durch die Stadt. Ich suchte nicht nach einem Laden, in dem ich Wein kaufen konnte. Ich lief einfach nur.

An unserem letzten Morgen in Paris saßen wir im Erdgeschoss in der Hotellobby und nahmen das fürstliche Frühstück zu uns. Am Empfang saß eine geradezu absurd fette Frau, der das Hotel gehörte. Ihr Name war Madame Simone. Sie war eine neckische ältere Dame, die sehr viel mehr Englisch verstand, als sie zugab. Ihr Mann war ein dünner kleiner Typ, der herumrannte und alle bediente. Frühstück gab es von neun bis halb zehn, sodass Sarah und ich es meistens verpasst hatten. Die Gäste sollten alle an einem ausladenden runden, knapp sechzig Zentimeter hohen Tisch sitzen. Es gab jede Menge alter Kissen und Teppiche, um es sich bequem zu machen. Der Kaffee wurde in Bols serviert, und man konnte so viel Brot und Marmelade nachbestellen, wie man wollte. Auf mich machte das Ganze einen ziemlich billigen Eindruck, aber es hatte Charme.

Mit uns frühstückte an jenem Morgen eine dreißigjährige Australierin mit einer Halskrause. Sie hieß Rose. Rose wohnte schon den ganzen Sommer im Hôtel de Nesle, weil sie im Juni einen Unfall gehabt hatte (am dritten Tag einer für den Sommer geplanten Rundreise durch Europa war sie in Versailles eine Treppe hinuntergefallen), und hatte sich mit Madame Simone angefreundet. Für eine Frau mit einer Halskrause war sie erstaunlich fröhlich. Weiter waren da noch zwei sechzehnjährige Deutsche, ein Junge und ein Mädchen. Obwohl ich sie noch nie reden gehört hatte, war ich überzeugt, dass sie von zu Hause weggelaufen waren. Und schließlich drei Studentinnen aus Atlanta, Georgia, denen es völlig egal war, wie laut sie redeten. Ich mochte sie trotzdem, weil sie dauernd lachten.

»Ich möchte Flugbegleiterin werden. Was möchtest du später mal machen?«, fragte die hübscheste von ihnen Sarah.

»Ich weiß es wirklich nicht«, sagte sie.

»Und was machst du im Moment? Gehst du aufs College?«, fragte das Mädchen.

»Ich bin Kindermädchen. Ich passe auf anderer Leute Kinder auf«, sagte Sarah.

»Oh … nett«, sagte das Mädchen und wandte sich wieder ihren Freundinnen zu.

Sarah räusperte sich und sprach alle Anwesenden an.

»Weiß irgend jemand, ob es möglich ist, als Amerikaner in Paris zu heiraten, und wenn ja, was man deswegen unternehmen muss?« Bei Sarah hatte man häufig den Eindruck, dass ihre Sätze vollkommen ausformuliert waren, bevor sie sie aussprach.

Ich sah sie an. In den letzten paar Tagen musste ich sie ungefähr zwanzigmal gefragt haben, ob sie mich heiraten wollte, aber ich hatte keine Ahnung, dass sie ernsthaft darüber nachdachte.

Die Studentinnen verstummten. Rose blickte über ihre Halskrause hinweg auf. Nur das deutsche Pärchen beachtete Sarah gar nicht. Sie tunkten einfach weiter Brot in ihren Kaffee.

»Denkt ihr beide daran zu heiraten?«, fragte Rose.

»Ja, schon«, sagte Sarah. Sie hatte mich noch immer nicht angesehen.

»O wow, das ist ja wunderbar«, sagte eines der Mädchen mit starkem Georgia-Akzent.

Sarah schenkte ihr ein knappes Lächeln. Rose fing an, quer durch den Raum auf Französisch mit Madame Simone zu sprechen. Sarah und ich beobachteten sie. Rose wandte sich wieder an Sarah.

»Sie glaubt, dass es möglich ist. Wann wollt ihr es tun?«, fragte sie.

»Heute«, sagte Sarah und warf mir einen verstohlenen Blick zu. Ich konnte ein breites Grinsen nicht unterdrücken.

»Aujourd'hui«, rief Rose Madame Simone zu.

»Aujourd'hui?«, rief Madame und fügte noch fieberhaft irgendwas auf Französisch hinzu. Sarahs Miene wurde leicht panisch. Nach kurzer Diskussion wandte Rose sich, um ihren Hals zu schonen, mit ihrem ganzen Körper erneut Sarah zu.

»Sie sagt, ihr könnt es bei der amerikanischen Botschaft beantragen, und wenn es klappt, gibt es ein Stück die Straße hinunter jemanden, der die Eheschließung vollziehen kann. Aber sie weiß nicht, ob man das alles an einem Tag erledigen kann.«

»Vielen herzlichen Dank«, sagte Sarah zu Rose und Madame Simone. Madame Simone nickte und bedachte uns mit einem missbilligenden Seitenblick. Die Deutschen hatten noch immer nichts mitbekommen. Die hübsche Studentin beugte sich zu Sarah hinüber.

»Wenn du willst, kann ich dir Make-up leihen.«

Nach dem Frühstück drückte ich Sarah in der Halle an eine Wand. Sie trug einen zu großen braunen Pullover.

»Was denkst du?«, fragte ich sie.

»Wenn du nicht willst, ist es nicht schlimm. Ich dachte nur, wir sollten es vielleicht wirklich tun«, sagte sie.

Dass ich nicht laut loslachte, war alles.

»Ich hab nicht gesagt, dass ich nicht will. Ich habe gesagt: ›Was denkst du?‹«

»Also, ich weiß nicht«, sagte sie. Sie redete schnell, machte hastige, fahrige Gesten, sah mich an und starrte dann wieder zu Boden. »Ich weiß nicht, ob ich es ertrage, von dir getrennt zu sein. Und du machst Witze darüber, aber wie oft kommt es im Leben eines Menschen vor, dass man jemanden heiraten will? Und ich will – ich würde dich gerne heiraten. Ich hab mir überlegt, solange wir uns ein Gefühl für uns selbst als Individuen bewahren und nicht bloß so ein rührseliges, geschwätziges Paar werden, das nur noch um sich selbst kreist, wäre es vielleicht besser, wenn wir wirklich heiraten. Weil wir dann, wenn irgendwas Komisches passiert oder irgendwas schiefläuft, was, wie du weißt, fast unweigerlich passieren wird, gemeinsam eine Lösung finden müssen. Keiner von uns könnte einfach weglaufen.«

»Möchtest du Kinder haben?«, fragte ich.

»Nicht sofort. Nein, das könnte ich nicht«, sagte sie.

»Nein, natürlich nicht sofort«, sagte ich. Ich dachte mir, dass ich sie später weiterbearbeiten konnte. Ein paar Sekunden lang sahen wir uns in die Augen. Ein paar Leute kamen ins Hotel und gingen zum Empfangstresen.

»Und was denkst du? Rede ich wirres Zeug?«, fragte sie und strich ihren Pullover glatt.

»Wir sollten es machen«, sagte ich. Ich war mir meiner Entscheidung vollkommen sicher.

»Was?«, fragte sie. Ihre grünen Augen waren riesig. Sie sah mich an, wie sie den ersten Jungen angesehen haben musste, der sie je zum Tanzen aufgefordert hatte.

»Ich will es machen«, sagte ich.

»Bist du sicher? Du musst ganz sicher sein. Ich meine,

wenn wir es tun, werden wir im Nachruf des anderen erwähnt werden, egal, was passiert.«

»Lass uns heiraten, wir wollen Individuen sein und alle Regeln brechen.« Es ging ein bisschen mit mir durch. Ich küsste sie und schob meine Hände unter ihren Pullover.

»Ich muss meine Mutter anrufen«, sagte sie. »Willst du deine nicht anrufen?«

»Nein. Meine Mutter schätzt Spontaneität mehr als Höflichkeit.«

Wir gingen zu dem Münztelefon in der Hotelhalle. Ich suchte die Vorwahl raus, und Sarah meldete ein R-Gespräch mit ihrer Mutter an. Ich stand da neben dem Telefon und blickte mich um. Eine der alten grauen Katzen schlug nach einer Kakerlake auf dem Boden. Die Kakerlake versuchte zu entkommen, doch die Katze spielte mit ihr und zog ihren Tod in die Länge. Ich konnte nicht glauben, dass dies der Tag war, an dem ich heiraten würde. Es war perfekt. Das war unsere Geschichte.

»Hallo, Mom, ich bin's«, sagte Sarah und zupfte hektisch an meinem Hemd. »Nein, Mom, ich bin nicht tot.« Sarah warf mir einen verzweifelten Blick zu. »Es geht mir sehr gut hier. Ich hab bloß vergessen anzurufen, das ist alles.« Wir warteten beide, während eine Zeit lang ihre Mutter redete. »Nein, da sind wir nicht gewesen … ich weiß nicht – wir sind woandershin gegangen … Hör mal, Mom, ich rufe aus einem ganz bestimmten Grund an. William und ich werden heiraten.« Sarah biss sich auf die Unterlippe und starrte mich ängstlich an. »Mom? … Mom? … Hallo? Ich weiß, dass es überstürzt ist, aber wir wollen es so … Nein, Mom, rede einen Moment mit mir … Ja, er steht direkt neben mir, aber rede einen Moment mit mir.« Sie legte ihre Hand auf den Hörer und fragte: »Hast du was dagegen, kurz mit ihr zu sprechen?«

Ich schüttelte den Kopf und nahm den Hörer. »Hallo, Mrs Wingfield?«, sagte ich. Ich war kein bisschen nervös.

»Sie wollen also meine Tochter heiraten«, sagte sie. Die Verbindung war erstaunlich gut. Ich konnte sie deutlich verstehen.

»Ja, Ma'am, so ist es, das will ich.« Ich sah Sarah an. Sie krallte sich mit beiden Händen an meinem Flanellhemd fest.

»Zunächst mal, hören Sie auf, mich Ma'am zu nennen. Es klingt unaufrichtig.«

»Okay, abgemacht«, sagte ich. Ich mochte diese alte Dame. Sie hatte mich durchschaut.

»Sie ist doch nicht schwanger, oder?«, fragte sie.

»Nein. Sarah möchte keine Kinder.«

»Ah, gut. Ich habe Sarah erst mit sechsundvierzig bekommen. Der Mythos, dass junge Mütter schöne Kinder kriegen, stimmt also nicht, haben Sie verstanden?«

»Ja, hab ich.« Sarah legte ihr Ohr dicht an den Hörer, um zu verstehen, was ihre Mutter sagte.

»Nun hören Sie mir mal zu, William. Ich möchte unmissverständlich zum Ausdruck bringen, dass ich glaube, dass Sie und meine Tochter im Begriff sind, etwas sehr Dummes zu tun. Habe ich mich klar ausgedrückt?«

»Ja, ich glaube schon«, sagte ich.

Sarah stand vor mir und fragte ganz leise, was ihre Mutter sagte.

»Aber es sieht nicht so aus, als könnte ich irgendwas

daran ändern, William«, fuhr Mrs Wingfield fort. »Also bitte – heiraten Sie meine Tochter.«

»Danke«, sagte ich.

»Und jetzt geben Sie mir noch mal Sarah.«

»Auf Wiedersehen, Mrs Wingfield.«

»Auf Wiedersehen, William«, sagte sie. Ich gab Sarah den Hörer zurück. Ich war euphorisch.

Sarah nahm den Hörer und hielt ihn mit beiden Händen umklammert.

»Hallo, Mom«, sagte sie. Sarah stand da und lauschte ihrer Mutter, viel zu lange, so kam es mir vor. Sie wirkte zunehmend beunruhigt. Sie nickte in einem fort und strich sich Haarsträhnen hinter die Ohren.

»Okay, Mom, wir müssen jetzt Schluss machen«, sagte sie schließlich. »Ja, ich verstehe ... okay, tschüss ... okay, tschüss.« Sarah hängte den Hörer ein und starrte ihn an.

»Was hat sie gesagt?«, fragte ich.

»Ich kann nicht heiraten«, sagte Sarah, noch immer den Hörer anstarrend.

»Was hat sie gesagt?«, fragte ich noch einmal. Sarah drehte sich um. Sie steckte einen Fingerknöchel in den Mund und sprach nachdenklich durch ihre Hand: »Sie hat gesagt ... sie fände es eine gute Idee. Sie meinte, du wärst gut für mich. Sie war überrascht, weil sie nicht geglaubt hat, dass du mich lange gern haben würdest.« Sarah lächelte kopfschüttelnd.

Wir standen schweigend da.

»Es tut mir leid, William«, sagte sie. »Ich war albern.« Ich sah mich in dem Hotel um. Ich war wie vor den Kopf geschlagen. Wir mussten einigen der neuen Gäste Platz machen, die ihr Gepäck die Treppe hochtragen wollten. Ich wusste nicht, was ich sagen sollte. Sarah starrte mich vollkommen ausdruckslos an.

»Komm«, sagte ich, nahm ihre Hand und versuchte, sie nach draußen zu ziehen.

»Nein«, sagte sie. »Mir ist nicht danach, irgendwohin zu gehen.«

»Komm«, sagte ich.

»William, ich kann nicht heiraten.«

»Ich weiß«, sagte ich. »Nur für zwei Sekunden. Vertrau mir.«

Ich führte sie auf die Straße. Das Pflaster war noch mit Müll vom Vorabend bedeckt. Wir sahen die Straßenreinigungskolonnen in ihren neongrünen Overalls, die den Abfall einsammelten. Paris ist viel sauberer als New York. Ich ging schnell und hielt Sarahs Hand fest.

»Wohin gehen wir?«, fragte sie.

»Du wirst schon sehen«, sagte ich. Wir gingen über die Pont Neuf und durch die niedrig hängenden Wolken. Der Wind blies in Sturmstärke. Mit einer Hand hielt Sarah meine Hand gefasst, mit der anderen zog sie ihren Pullover enger um ihren Hals. Die Haare wehten ihr ins Gesicht und in den Mund. Wir gingen zur Ile de la Cité und kamen auf den gepflasterten Vorplatz von Notre-Dame, wo sich schon massenweise Touristen drängelten. Kreischende Führer dirigierten riesige Busladungen. Ich sah Familien mit Jungen und Mädchen in Batman-T-Shirts. Alle möglichen Leute verkauften irgendwas.

Ich ging zum Portal der Kirche und stieß die schwere Tür auf. Sarah blieb auf der Schwelle stehen und ließ meine

Hand los. Ich drehte mich zu ihr um. Sie legte ihre Hand in meinen Nacken, strich mein Haar glatt und küsste mich zart.

Wir betraten die Kathedrale. Auf den Bänken saßen vereinzelt Männer und Frauen, tief in Gedanken versunken. Ich fragte mich, was sie wohl beteten. Andere steckten Fünf-Francs-Stücke in den Metallkasten und zündeten Kerzen an. Doch vor allem schlenderten Menschen mit Kameras um den Hals in der Kirche herum. Ich hörte Sarahs und meine Schritte von der Kuppel widerhallen. Wir gingen den Mittelgang der Kirche hinunter. Das gesamte Kirchenschiff war in ein warmes, bläuliches Licht getaucht. Riesige farbige Glasfenster ragten zu allen Seiten auf. Ich konnte nicht umhin, mich zu fragen, wer all diese Steine aufgeschichtet und Scheiben eingesetzt hatte. Wir hörten eine Mutter, die auf der gegenüberliegenden Seite versuchte, ihre Kinder zu beruhigen. Sarah streckte die Hand aus und ergriff meinen Arm.

Vor dem Altar war ein schweres, samtrotes Seil gespannt, das den Weg versperrte. Ich hob es an, und Sarah und ich schlüpften unter der Absperrung durch. Ich kniete vor dem Altar nieder. Sarah sah sich noch einmal um, bevor sie sich neben mich kniete. Sie gab mir einen sanften, flüchtigen Kuss auf die Wange. Vor uns hing ein barockes, goldenes Kreuz. »Was müssen wir sagen?«, flüsterte ich. Sarah zuckte die Schultern, doch nach kurzem Schweigen hörte ich sie sprechen.

»Willst du mich zur Frau nehmen und mich lieben und ehren bis ans Ende deiner Tage?«

»Ich will«, sagte ich. »Und du, Miss Sarah Wingfield,

willst du mich lieben und …« Aus irgendeinem Grund war mein Kopf vollkommen leer. Das war der einzige Teil des Gelöbnisses, der mir einfiel.

»Ich will«, sagte Sarah. »Ich auch.«

Noch immer auf Knien, fasste ich ihr Gesicht mit beiden Händen und küsste sie. Ein tiefer, inniger Kuss. Sie hob die Hände und ließ sie, die Fäuste geballt, in der Luft stehen.

»Versprich mir«, sagte sie, »dass du mich, wenn irgendwas schiefgeht, wenn ich je weglaufen sollte oder so, finden und zwingen wirst, zu dir zurückzukommen und dich zu küssen.«

»Es wird nichts schiefgehen.«

»Du bist vier Wochen weg. Das ist eine lange Zeit«, sagte sie.

»Ich verspreche es.«

Elf

Ich gab die Hälfte des Geldes, das ich in Paris verdiente, für Telefonate nach New York und einen Flug mit der Concorde aus. Ich nahm die Concorde, damit ich fünf Stunden früher zu Hause war. Ohne Scheiß. Das hab ich echt gemacht.

Wir hatten uns vier Wochen nicht gesehen. Ich rannte zu ihrem Haus. In einer Hand hatte ich Blumen und eine schick verpackte Schachtel, in der anderen ein Handtuch, das ich im Hotel geklaut hatte. Es wurde kalt. Ich konnte fast meinen Atem sehen. Alle paar Blocks verlangsamte ich meine Schritte und versuchte zu gehen, doch schon bald joggte ich wieder los, und ehe ich mich versah, rannte ich.

Das Haus, in dem sie wohnte, sah irgendwie anders aus. Vor der Haustür waren alle möglichen Bauarbeiten im Gange. Große Typen mit schweren Gürteln und Kaffeebechern starrten mich an, als ich mit meinen Blumen, meinem Geschenk und dem Handtuch keuchend vor ihnen stand. Ich versuchte zu Atem zu kommen und sie gar nicht zu beachten.

Sarah erwartete mich erst am Abend. Ich spielte die möglichen Szenarien unseres Wiedersehens durch. Ich würde klingeln, sie würde aufdrücken, ich würde die Treppe hochstürmen, sie würde mir entgegengerannt kommen, auf dem Absatz zwischen erstem und zweitem Stockwerk würden wir uns treffen und in einem Anfall wilder, heiliger Leidenschaft zu Boden sinken. Ich malte mir eine Alternativversion aus. Sie würde die Tür offen stehen lassen, und ich würde langsam den Kopf in ihre Wohnung stecken – nur um sie splitternackt auf ihrem Bett stehen zu sehen. Ich würde die Geschenke auf den Boden werfen, sie hochheben und im Kreis drehen, bis wir in einem Anfall wilder, heiliger Leidenschaft zu Boden sanken. Wilde, heilige Leidenschaft war der Schlüssel.

Dann bekam ich Angst, dass sie vielleicht gar nicht zu Hause war. Ich klingelte. Ein Augenblick verstrich und noch einer. Ich klingelte noch mal. Es war acht Uhr morgens. Ich war sicher, dass sie zu Hause war.

»Hallo?«, hörte ich ihre verschlafene Stimme aus der Gegensprechanlage. Ich fuhr zusammen und starrte das kleine elektronische Teil an.

»Hier ist der Klempner. Ich komme wegen dem Waschbecken«, sagte ich.

Die Gegensprechanlage schwieg. Ich stand schwer atmend da und fragte mich, ob sie meine Stimme erkannt hatte. Ich sah zu den Bauarbeitern, ich sah wieder zur Tür. Der Türöffner summte. Sie hatte mich erkannt. Ich ging hinein und stieg langsam die Treppe hoch. Ich wollte ihr Zeit lassen, mir entgegenzulaufen und mich zu küssen, sich auszuziehen oder was auch immer. Ich blickte nach oben und hoffte, sie würde nach unten spähen, doch ich konnte nichts sehen. Ich hörte nur das schlurfende Geräusch meiner Schritte. Ich fragte mich, ob ihr dieses Geräusch vertraut war. Oben angekommen, sah ich, dass die Tür einen Spalt offen stand. Ich war wieder außer Atem. Der Flur war leer. Durch den Spalt konnte man keine verborgene Gestalt ausmachen. Einen Moment lang glaubte ich, Musik zu hören, doch dann war es wieder vorbei. Ich klopfte leise, bekam jedoch keine Antwort. Ich stieß die Tür auf und rief ihren Namen.

»Sarah?«, sagte ich, und meine Stimme stürzte in der Luft ab.

»Ja«, erwiderte sie mit ängstlicher Stimme. Ich konnte sie nicht sehen. Von der Wohnungstür kam man zunächst in einen langen Flur. Ich musste erst am Badezimmer vorbei und um eine Ecke, bevor ich den Küchen-, Ess- und Schlafraum sehen konnte. Erst hielt ich die Blumen um die Ecke. Dann streckte ich langsam den Kopf vor. Und da stand sie an der gegenüberliegenden Wand neben einer Schale dampfender Hafergrütze und starrte mich an. Sie rührte sich nicht.

»Wie geht's?«, sagte ich, die Blumen, das Geschenk und das Handtuch in der Hand.

Sie trug eine Schlafanzughose und ihr graues T-Shirt mit der sowjetischen Flagge. Ihr Haar sah aus wie immer, wenn sie gerade aufgewacht war, die eine Hälfte platt gedrückt, die andere in wirren Strähnen.

»Ich bin früher nach Hause gekommen«, sagte ich. Sie sagte nichts.

Wir standen immer noch an gegenüberliegenden Seiten des Zimmers. Sie sah mich an, als ob ich ein Mörder wäre.

»Ich wollte dich überraschen«, sagte ich. »Ich dachte, das wäre lustig.«

»Ich esse Hafergrütze«, war ihr erster vollständiger Satz.

»Ja, das sehe ich. Wie schmeckt's?«

Es entstand eine lange Pause. Sarah sah erst mich, dann die Hafergrütze und schließlich wieder mich an.

»Ziemlich gut«, meinte sie.

Ich hielt die Blumen hoch.

»Die hab ich dir mitgebracht«, sagte ich. Ich schlurfte langsam auf sie zu und gab ihr die Blumen. Sie nahm sie entgegen, sorgsam darauf bedacht, meine Hand nicht zu berühren.

»Danke«, sagte sie und machte einen Schritt von mir weg. Sie atmete den Duft der Blumen ein, ohne ihren prüfenden Blick von mir zu wenden. Es war, als ob zwischen uns eine Glasmauer stünde.

»Ich hab dir das Handtuch mitgebracht, das du haben wolltest«, sagte ich.

»O danke.« Sie versuchte zu lächeln.

»Und hier ist ein Geschenk«, sagte ich und gab ihr die eingewickelte Schachtel. »Es ist ein grünes Kleid«, sagte ich, bevor sie Gelegenheit hatte, es auch nur anzusehen. »Ich habe es an einer Schaufensterpuppe gesehen, und es hat mich an das Kleid erinnert, das du immer trägst, also hab ich es gekauft. Ich weiß nicht, ob das eine lahme Idee ist, jemandem etwas zu kaufen, wovon man weiß, dass er es schon hat, aber als ich es gekauft hab, kam es mir irgendwie logisch vor.«

»Danke«, sagte sie, ohne es auszupacken.

»Kein Problem.«

Wir schwiegen erneut. Mein Kopf fühlte sich plötzlich leicht an. Ich begriff nicht, warum wir uns nicht küssten. Sie betrachtete mich, als wüsste sie nicht, wer ich bin.

»Willst du die Blumen nicht ins Wasser stellen?«, fragte ich.

»Ja, sicher«, sagte sie, ohne sich zu rühren. Sie hielt die Blumen mit beiden Händen fest umklammert.

»Bist du nervös?«, fragte ich.

»Hm-hm.«

»Wegen unseres Wiedersehens?«

»Dein Haar ist länger«, sagte sie. Die Hafergrütze stand noch immer auf dem kleinen Tisch neben ihr. »Du hast gesagt, du kommst erst heute Abend?«

»Ich wollte dich überraschen.«

»Oh, na ja, das ist dir gelungen.« Sie strich ihr Haar hinter die Ohren. Ich wollte sie küssen, aber ich dachte, wenn ich es versuchte, würde sie sich möglicherweise aus dem Fenster stürzen.

»Ich hab die Concorde genommen«, erklärte ich stolz.

»Ist das nicht teuer?«, fragte sie. Sie sah alles verkehrt herum. Sie wirkte wie auf dem Sprung. Ich wusste nicht, was ich sagen sollte.

»Ich hab im Flugzeug einen Witz gehört«, sagte ich verzweifelt. »Willst du ihn hören?«

Sie reagierte nicht. Ich redete trotzdem weiter.

»Okay. Also da sind also zwei Mönche, ja? Ein Monsignore und ein einfacher Mönch, und sie angeln.« Ich kam in Fahrt. Ich stand in ihrer Wohnung und gab eine Vorstellung für sie. »Und der Mönch fängt diesen riesigen Fisch und meint: ›Wow, das ist aber ein fetter Schweinehund‹ und der Monsignore sagte: ›Mein Sohn, achte auf deine Sprache‹, und der andere sagt: ›Nein, Vater, tut mir leid, aber so heißt der Fisch, ›Schweinehund‹. – ›Oh‹, sagt der Monsignore.«

Ich wusste schon, dass sie nicht lachen würde.

»Am selben Abend feiern sie die Aufnahme eines neuen Mönches und beschließen, zum Abendessen Fisch zu servieren.« Ich wusste nicht, warum ich mich für einen so langen Witz entschieden hatte.

»Sie sitzen also zu Tisch und essen Fisch, und der Mönch sagt: ›Junge, dieser Schweinehund schmeckt echt gut‹, und der Monsignore sagt: ›Ja, ich habe noch nie einen so guten Schweinehund gegessen‹, und er wendet sich an den Novizen und fragt: ›Wie schmeckt dir der Fisch?‹ Und der Novize sagt: ›Also, ich stehe nicht so auf Fisch, aber ich werde bestimmt eine Menge Spaß mit euch Arschgesichtern haben.‹«

Sie starrte mich an. Ich zuckte entschuldigend mit den Schultern.

»Ich muss aufs Klo«, sagte sie und wollte sich an mir vorbeidrücken. Ich streckte die Hand aus. Ihre Hand war heiß und sauber. Sie blieb stehen und sah mich an.

»Wie geht's dir?«, fragte ich.

»Ich bin gerade erst aufgewacht«, sagte sie.

Ich küsste sie. In meinen schmuddeligen Jeans, den Jetlag in den Augen und mit einer Fantasie, die auf Hochtouren arbeitete, drückte ich meine Lippen auf ihre. Zunächst wirkte sie steif, doch ihre Schultern entspannten sich rasch, und sie erwiderte meinen Kuss. Sie schmeckte nach braunem Zucker und Hafergrütze. Ich drückte meine Hand fest an ihren Rücken, sie trug keinen BH. Als wir mit dem Küssen aufhörten, legte sie ihren Kopf an meine Schulter. Ich war mir nicht sicher, ob sich die Situation von selbst geklärt hatte.

»Warte eine Sekunde«, sagte sie. »Ich muss noch immer aufs Klo.«

Ich nahm die Blumen und stellte sie in das Spülbecken. Sarah verschwand im Bad. Ich ließ das Wasser laufen, suchte nach einer Vase und versuchte mir einzureden, dass alles gut werden würde. Ich wünschte, ich könnte alles noch mal von vorn machen, den richtigen Flug nehmen, mich duschen und ein schöneres Geschenk kaufen – vielleicht eins, das ein bisschen Geld kostete.

Dann kam mir ein Gedanke. Höchstwahrscheinlich zog sie sich im Bad aus und würde splitternackt wieder herauskommen. Mir war klar, dass sie nichts tun konnte, was irgendwas daran ändern würde, dass ich sie liebte, und wahrscheinlich empfand sie das Gleiche für mich. Ich stellte mir vor, wie sie nackt, die Hände auf ihren Brüsten, barfuß über den Holzfußboden aus dem Bad getappt kam. In den letzten Wochen hatte ich mich andauernd danach gesehnt, sie nackt zu sehen. Ich hatte sie sogar angebettelt, mir Nackt-Polaroids von sich zu schicken, doch sie hatte nur gelacht. Ich versuchte, locker zu werden. Ich nahm meine Brille ab und wischte sie an meinem Hemd sauber. Ich wollte nicht zu überdreht und verspannt sein und hinterher vielleicht keinen hochkriegen.

Ich fragte mich, wie es sein würde, wieder mit ihr zu

schlafen. Ich stellte mir ihre feuchten Augen vor, ihren Bauch und ihre harten, roten Brustwarzen. Ich war froh, dass es draußen kalt wurde. Ich wollte nicht rausgehen.

Ich sah sie nie wieder nackt.

Zwölf

Während ich weg war, schrieb Sarah mir fünf Briefe. Dies war der letzte.

W –

Am 7691sten Tag meines Lebens kann ich mich nur an eine Handvoll Dinge erinnern. Eine Sache war in einem Bus. Ich ging in die erste Klasse und war, die Haare zu Zöpfen geflochten, in einem steifen burgunderroten Kleid mit Blumenmuster unterwegs zur Schule. Neben mir saß Gillian Boyd, das Mädchen, das mich immer tyrannisierte, und aß mein Pausenbrot. Ich tat gar nichts, sondern sagte nur: »Ja, iss, so viel du willst.«

Ein Schatten fiel auf uns beide. Sean McQuarrie. Ich weiß nicht mehr, was passiert ist, aber er muss Gillian am Kragen gepackt und in den hinteren Teil des Busses geschleudert haben. Für den Rest des Schuljahres saß ich auf der Fahrt zur Schule immer neben Sean, mit knallrotem Kopf und mit meinen sechs Jahren verliebt. Unsere Helden vergessen wir nie.

Jetzt ist es Dienstag. Danke, dass du gestern Abend auf meinen Anrufbeantworter gesungen hast. Ich glaube, du solltest bald nach Hause kommen. Wenn ich auf der Straße einen Briefträger treffe, starre ich ihn an und frage mich, ob er dich getroffen hat. Ich schlafe wieder in meinen Klamotten.

Ich sehe mir all meine Souvenirs aus Frankreich an – die Streichholzbriefchen, die Flugtickets, den Hotelschlüssel – und stelle mir vor, dass meine Kinder sie eines Tages auf dem Speicher finden. Sie kommen nach unten gerannt und fragen mich, was das ist – und ich werde ihnen die Sachen aus ihren gierigen kleinen Pfoten reißen und sie ausschimpfen, weil sie so neugierig waren. Dann werde ich mich genau wie jetzt fragen – wo bist du geblieben? Hast du viele aufregende Leute getroffen?

Alles Liebe
S.

In der ersten Woche hatte sie drei Briefe geschickt, in der zweiten zwei. In der dritten und vierten Woche hatte sie gar nicht mehr geschrieben. Aber wir hatten noch immer fast täglich miteinander telefoniert. Ich erzählte ihr, wie öde es ist, einen Film zu drehen, aber sie wollte mir nicht glauben. Mein Erfolg als Schauspieler war für mich Ausdruck meines größten Charakterfehlers. Ich war nur gut darin, so zu tun, als wäre ich jemand anders. Ich war enttäuscht, dass es für so etwas einen Markt gab.

Sarah redete darüber, wie sehr sie es hasste, mich zu

vermissen, und dass sie es nicht ausstehen konnte, bedürftig zu sein. Ich war glücklich, jemanden zu haben, den ich vermissen konnte.

Als ich noch kleiner war, erzählten die Erwachsenen mir ständig, dass ich meinen Vater vermisste, aber ich dachte, dass sie alle keine Ahnung hatten. Mein Vater hatte mir versprochen, dass ich mit dreizehn zu ihm kommen und bei ihm leben dürfte. Geduldig wartete ich auf den Tag. An meinem dreizehnten Geburtstag rief er an, versäumte es jedoch, unsere Pläne auch nur mit einem Wort zu erwähnen. Ich beschloss, dass er mich mal am Arsch lecken konnte.

Am nächsten Tag geriet ich in eine Prügelei mit Tommy Vitello. Er brach mir die Nase, ich ihm den Kiefer. Wegen der Schlägerei und dem, was meine Beratungslehrer meine »miserablen Noten« nannten, schickte meine Mutter mich zu einem Kinderpsychologen. Er fragte mich, ob die gebrochene Nase etwas mit dem Gespräch mit meinem Vater zu tun hätte. Ich erklärte ihm, meine Nase wäre nur gebrochen, weil Tommy Vitello ein Arschloch sei. Er sagte mir zwei Dinge: Erstens würden mir positive männliche Rollenvorbilder fehlen, und zweitens hätte ich ein Problem mit meiner Sprache. Er hatte recht.

An meinem ersten Abend wieder zurück in New York lagen Sarah und ich zusammen im Bett. Sie wollte nicht rummachen. Sie sagte, sie hätte Bauchschmerzen. Sie erklärte mir, wie komisch es wäre, dass sie das Gefühl hätte, mich gar nicht mehr zu kennen. Sehr komisch, dachte ich.

Am nächsten Abend ging ich, als ich sicher war, dass sie von der Arbeit zurück sein würde, wieder zu ihr. Sie hatte eine Schreibmaschine in die Mitte des Zimmers gestellt und eingestöpselt. Sie hockte am Boden und schrieb irgendwas. Sie konnte gut tippen. Ich dachte mir, dass sie das wahrscheinlich auf dem College gelernt hatte.

»Was schreibst du?«, fragte ich sie.

»Nichts«, antwortete sie. Sie stand nicht auf, um Hallo zu sagen oder mich zu küssen oder irgendwas. Sie arbeitete nur fleißig vor sich hin. Die Tasten klapperten, und die Schreibmaschine summte laut. Ich setzte mich und wartete eine Weile. Ich versuchte, Small Talk zu machen, doch sie gab nur einsilbige Antworten. In ihrer Wohnung war es kalt. Die Fenster standen weit offen, obwohl es draußen nicht mal zehn Grad waren. Sie trug ein zu großes College-Sweatshirt, also war ihr vermutlich warm.

»Na ja, du bist offensichtlich beschäftigt. Ich will dich nicht weiter nerven«, sagte ich und stand auf.

»Okay, klar«, sagte sie, vollkommen in ihre Tipparbeiten versunken. »Tut mir leid. Warum rufst du nicht später an?«

»Ja«, sagte ich. »Ich rufe dich später an.« Ich schlich mich aus ihrer Wohnung. Als ich die Tür hinter mir zumachte, hörte ich, wie das Tippen aufhörte. Sie hatte darauf gewartet, dass ich ging.

An meinem dritten Tag zurück in New York saß ich auf Sarahs Couch und sah ihr beim Packen zu. Sie fuhr mit ihrer Band nach Boston, um in irgendeinem Klub aufzutreten, und ich wollte mitkommen. Sie wuselte in ihrer Wohnung hin und her, aus dem Bad zum Schrank und wieder zu ihrer Reisetasche. Sie hatte mich schon mehrmals gefragt, ob ich sicher wäre, dass ich mitkommen wollte.

»Vielleicht ist es besser, wenn ich nicht mitkomme«, sagte ich.

»Warum nicht?«, fragte sie.

»Na ja, es macht ganz den Eindruck, als würdest du ein bisschen Abstand brauchen. Und du hast recht; es gibt ein paar Dinge, um die ich mich wohl besser kümmern sollte.« Das war eine ausgewachsene Erfindung. Nachdem der Film abgedreht war, hatte ich praktisch überhaupt kein eigenes Leben mehr. Außer zwanghaft an Sarah zu denken, tat ich nichts, als in Buchläden rumzusitzen und ins Kino zu gehen.

»Okay, ja, gut. Ich glaube, du hast recht«, sagte sie und faltete ein T-Shirt.

»Was soll das heißen?«

»Ich weiß nicht. Du hast doch gerade gesagt, du hättest Verschiedenes zu erledigen.«

»Ja, aber du weißt genau, dass das eine beschissene Lüge ist«, sagte ich. Ich weiß, ich hätte das Wort »beschissene« nicht benutzen sollen. Es hörte sich an, als ob ich wütend wäre. »Ich meine, was ist los? Du willst nicht, dass ich mitkomme?«

»Ich weiß nicht. Es ist nur … du scheinst nichts anderes zu tun, als immer nur auf mich zu warten. Und so ein Paar wollten wir doch nicht sein. Ich meine, du solltest dich um dich kümmern, und ich kümmere mich um mich. Ich habe den Eindruck, wir verwandeln uns in ein ganz gewöhnliches Paar, und du weißt, dass ich das nicht will.«

»Ich etwa?«, sagte ich. Die Informationen prasselten viel zu schnell auf mich nieder.

»Seit du weg warst – ich meine, ich will unsere Zeit in Frankreich nicht schlechtmachen, aber es war auch nicht besonders realistisch, verstehst du? Ich brauche Zeit für mich, und manchmal nimmst du mir die einfach.« Sie packte konzentriert ihre Sachen weiter und sprach ganz beiläufig.

»Die nehme ich dir?«

»Ich meine, ich möchte nicht bloß die Freundin von irgend jemandem sein. Ich kann nicht zulassen, dass sich mein ganzes Leben nur um dich dreht. Ich bin hierhergekommen, um allein zu sein. Ich bin zwar glücklich über die Gefühle, die du in mir geweckt hast. Daran hatte ich nicht mehr geglaubt.« Sie lachte fast, als sie das sagte. Ich lächelte fast zurück.

Sie fühlte sich gut, war glücklich, sich all das von der Seele geredet zu haben. Sie zog den Reißverschluss ihrer Reisetasche zu und sah mich an. Ich saß auf ihrem Sofa. Das Sofa sah so aus, als hätte der Vorbesitzer einen Hund gehabt. Mein Hintern sank tief in die Kissen, und ich hatte auf einmal das Gefühl, ungefähr drei Jahre alt zu sein. Ich nickte, als würde ich sie verstehen, und sagte: »Also, was ist los? Machst du Schluss mit mir?«

»Ich denke, wir brauchen ein bisschen Abstand«, sagte sie.

»Ein bisschen Abstand? Fällt dir wirklich nichts Originelleres ein?«, fragte ich.

»Ich versuche nur, dir die Wahrheit zu sagen.« Sie wirkte leicht indigniert.

»Na, wenn diese Floskeln aus dem Einführungskurs ›Wie trenne ich mich richtig‹ deine Vorstellung von der Wahrheit sind, musst du ja ein ziemlich öder Mensch sein.« Ich versuchte über meinen eigenen Witz zu lachen.

»Hör mal, ich mag dich wirklich sehr gern –«

»O super, du magst mich also? Dann muss ich mich ja nicht mies fühlen. Klasse. Du denkst, ich bin ein netter Typ, mit dem man in Frankreich viel Spaß haben kann, aber eben keiner für alltags.«

Sie verstummte und verzog sich mit gesenktem Blick auf die Matratze neben ihrer Reisetasche. »Was denkst du?«, fragte ich.

»So kannst du nicht mit mir reden«, sagte sie.

»Ach, leck mich doch«, sagte ich. »Du bist wirklich die egoistischste, verwöhnteste, gefühlskälteste, verlogenste Memme, die mir begegnet ist. Was du gerade machst, hab ich auch schon gemacht – Leuten gesagt, sie sollen sich verpissen. Ich weiß, wie wichtig du dir vorkommst. Ich war du, und ich weiß, du bist voller Scheiße.«

Dreizehn

Am Morgen nach Sarahs Rückkehr aus Boston stellte ich mich in einem Frack fünf Stockwerke unter ihr Fenster und stimmte eine andere Melodie an, die ging ungefähr so: »Tut mir leid.«

Als ich aufwachte, war es acht Uhr morgens. Ich wusste, dass Sarah um neun bei der Arbeit sein musste, also setzte ich meine Kontaktlinsen ein, zog meinen ertrödelten Frack an und eilte unter ihr Fenster. Ich konnte die Blumen, die ich ihr geschenkt hatte, auf der Fensterbank stehen sehen. Sorgsam darauf bedacht, meine Garderobe nicht zu beschmutzen, nahm ich eins der orangefarbenen Plastikhütchen, mit denen die Baustelle vorm Haus markiert war, setzte es an die Lippen und fing an, wie ein Wolf zu heulen. Sie wusste, wer es war, und trat mit unergründlicher Miene ans Fenster. Ich dachte, sie müsste beeindruckt sein. Frauen stehen auf solchen Scheiß.

Sie machte mir ein Zeichen, dass sie runterkommen würde. Ich versuchte, ihr ein Lächeln zuzuwerfen, das sie auch noch aus der Entfernung von fünf Stockwerken erkennen würde, und stieß ein letztes kolossales Geheul aus.

Als Sarah aus der Haustür kam, trug sie eine hellrote Regenjacke mit Kapuze. Ich sah sofort, dass sie sauer war.

»Ach, komm schon«, sagte ich in ihr böses Gesicht. Das neonorangene Hütchen noch immer in der Hand, wies ich auf meinen Frack. »Wie findest du mein Outfit … Das ist mein ›Tut-mir-leid‹-Anzug.«

»Sehr schön. Warum trägst du ihn?«, fragte sie und setzte sich unverzüglich in Bewegung.

»Weil es mir leidtut.«

»Hör mal, ich muss jetzt zur Arbeit«, sagte sie.

»Ich weiß. Kann ich dich hinbringen?«

Es war ein kühler Novembermorgen, und ihre und meine Haare waren noch feucht vom Duschen. Sarah hatte keine Strümpfe an, und ihre Beine waren ganz rosa und schrumpelig. Genau wie ihr Gesicht. Das kalte Licht ließ ihre Augen grimmig grün leuchten. Ich fragte mich wieder, ob sie irischer Abstammung war. Ich konnte nicht glauben, dass ich das nicht wusste.

»Bist du irisch?«, fragte ich sie.

»Was?«, fragte sie und ging zielstrebig weiter.

»Nichts«, sagte ich. »Okay, also pass auf. Ich übernehm das Reden, ja? Weil ich dir ein paar Dinge zu sagen habe und weil du keinen besonders gesprächigen Eindruck machst. Damit meine ich nicht, dass du nicht gut aussiehst, denn das tust du. Deswegen habe ich auch gefragt, ob du irisch bist.

Jedenfalls fang ich mal an zu reden, aber wenn du gern dazwischengehen möchtest, sagst du einfach: ›Hey, ich will auch mal was sagen«, und dann werde ich wahrscheinlich antworten: ›Na, dann los.‹«

Unnötig zu erwähnen, dass sie stumm blieb. Sie ging nur immer weiter.

»Okay, ich weiß, was du denkst. Du denkst: Mein Gott, was für ein Arschloch. Vor zwei Tagen wirft der Typ mir alle möglichen Gemeinheiten an den Kopf und stürmt beleidigt aus meiner Wohnung, und jetzt weckt er mich, in seinem hässlichen Drei-Groschen-Frack heulend vor meinem Fenster stehend, und erwartet auch noch, dass ich das komisch finde. Also, Miss, ich will Ihnen mal was sagen: Sie haben vollkommen recht. Ich kann mich nicht mal selbst ausstehen.«

Das war 1-a-Material. Ich fühlte mich gut. Ich kam in Fahrt. Wir gingen weiter.

»Und – kein Kommentar zum Frack? ›Wo hast du den denn her?‹ oder ›Du bist mir vielleicht ein Kasper‹ oder: ›Ich kann nicht glauben, was für ein Spinner du bist.‹ Nichts. Du willst einfach weitergehen. Okay, kein Problem.

Willst du wissen, warum ich ihn angezogen habe? Es ist ein Versuch, Filme realistischer erscheinen zu lassen. Ich stürze mich gern ins Klischee.« Sie reagierte nicht. »Es tut mir leid, es tut mir leid, es tut mir leid. Keiner mag mich, du musst dich also deswegen nicht mies fühlen. Du gehörst zur Mehrheit.« Sie hatte ihre Schritte ein wenig verlangsamt, während ich meinen Text abspulte. Ich fing an, rückwärts zu gehen, damit sie mich ansehen musste.

»Du hast aber auch ziemlich abrupt umgeschaltet, das musst du zugeben. Wie soll ich denn darauf reagieren? Du hast Schiss gekriegt, dass das mit uns vielleicht alles zu schnell geht, und das ist okay. Du musst mir nur ein wenig Zeit lassen, mich daran zu gewöhnen.«

Sie packte meinen Arm und zog mich zur Seite, bevor ich mit einem Passanten zusammenstieß. »Danke«, sagte ich. »Ich weiß nicht, wie ich dich richtig lieben soll. Du musst es mir sagen.« Ich atmete tief ein. »Also, ich sehe das so, wenn alles, was zählt, der Versuch ist, kann ich dir alles versprechen.«

Ich blieb stehen und betete, dass sie dasselbe tat.

»Ich will keinen Freund«, schrie sie und löste sich in den Fußgängerströmen der 3rd Avenue in Luft auf.

Ich erstarrte. Ich hatte noch nie gehört, dass sie laut geworden war. Es war, als hätte sie ihren Arm in meinen Rachen gerammt und mir die Magengrube durch die Kehle herausgerissen. Ich wollte sie an den Haaren packen und auf der verdammten Straße herumwirbeln. In einem verglasten Gebäude sah ich mein Spiegelbild. Ich blieb stehen und betrachtete mich. Fußgänger schoben sich in einem endlosen Strudel an mir vorbei. In fünf Tagen wurde ich einundzwanzig. Ich fragte mich, wohin all die Leute gingen.

Vierzehn

In den nächsten drei Tagen sah ich mir im Kino zwölf Filme an. Es war die einzige Möglichkeit, nicht den Anrufbeantworter zu belauern.

Am dritten Tag fand ich mich in einer Telefonzelle vor ihrem Haus wieder. Es war kurz nach Mitternacht. Sonntags ging sie normalerweise früh ins Bett, doch ich redete mir ein, dass sie vielleicht einen Kaffee trinken gehen wollte. Ich stellte mir vor, wie wir in einem Diner vor unserem Kaffee hockten und langsam anfingen, über die Ereignisse der letzten Woche zu lachen. »Kannst du glauben, dass ich das gesagt habe?«, würde ich mich lachend erinnern. »Ich hab gedacht, du wärst wütend auf mich«, würde sie antworten und vor Erleichterung erröten. »Und ich dachte, du wärst wütend auf mich!«

»Hi, ich bin's. Ich dachte …« Meine Stimme zitterte. »Sorry, dass ich so spät noch anrufe, aber ich dachte, wenn du willst, könnten wir noch einen Kaffee trinken gehen?«

»Hm, ja … nein, ich glaube, ich bin zu müde«, sagte sie.

»Na, ist ja auch schon ziemlich spät.«

»Ja, ich sollte schlafen gehen«, sagte sie.

Ich konnte sie nicht einfach auflegen lassen.

»Wie geht's denn so?«

»Gut.«

»Was hast du gemacht?«

Ein Feuerwehrauto fuhr mit heulenden Sirenen vorbei.

»Wo bist du?«, fragte sie.

Das brachte mich aus dem Konzept. Ich wollte nicht, dass sie wusste, dass ich direkt vor ihrer Haustür stand, aber sie musste die Feuerwehr gleichzeitig durch ihr Fenster und übers Telefon gehört haben.

»Uptown«, sagte ich, und meine Lüge ließ mich zusammenzucken.

»Oh«, sagte sie nur. Es entstand eine schrecklich lange Pause.

»Trittst du demnächst irgendwann auf?«, fragte ich.

»Nein … hör mal, ähm, ich sollte jetzt wirklich schlafen gehen.«

»Ja, natürlich … wir reden ein anderes Mal weiter.«

»Schlaf gut«, sagte sie.

»Okay, ja, du auch.«

»Bis dann, William.«

»Bis dann.«

Ich klammerte mich an den Telefonhörer, als ob er ein Teil von ihr wäre. Alles löste sich so schnell auf. Ich trat unter ihr Fenster und starrte zu dem Licht hoch. Ich wünschte, es würde regnen. Ich wusste, ich war ein Spinner, der in der Kälte stand und zu einem warmen Fenster hochstarrte, aber es ist verdammt hart, jemanden zu vermissen, der nur acht Blocks entfernt wohnt.

Fünfzehn

Am Tag vor meinem Geburtstag rief Sarah an und sagte, sie wollte mich treffen. Ich war begeistert. Sie erklärte mir, dass sie Geburtstagsgeschenke für mich hätte, jedoch zu beschäftigt wäre, mich am Tag selbst zu treffen. Sie fragte, ob ich am Abend vorbeikommen könnte. Ich sagte: »Ja, klar, das wäre toll.«

Ihre Probe war um zehn zu Ende, und sie schlug vor, dass ich um elf vorbeikommen sollte. Um halb elf saß ich in der Pizzeria bei ihr um die Ecke und wartete. Ich wollte pünktlich sein.

Sie sah einmalig aus. Sie trug ein dunkelbraunes Kleid, mit weißer Spitze an den Ärmeln und am Kragen, dazu ihr silbernes Herz um den Hals und einen dieser kleinen roten Plastik-Kämme im Haar.

»Ich bin noch nicht ganz fertig«, sagte sie, als sie mir die Tür aufmachte. Sie war freundlich, sah mir jedoch nicht in die Augen.

»Möchtest du ein Bier?«, fragte sie.

»Gerne«, sagte ich.

»Ich glaube, im Kühlschrank ist noch eins. Nimm es dir einfach«, sie verbarg etwas hinter ihrem Rücken und verdrückte sich wieder ins Bad. »Ich muss noch zu Ende einpacken«, sagte sie lächelnd.

Ich machte den Kühlschrank auf, betrachtete ihr ganzes Kaninchenfutter und nahm das einzelne Rolling Rock Light heraus. Früher hatte ich mich in ihrer Wohnung immer wohlgefühlt. Aber jetzt konnte ich das Gefühl nicht abschütteln, dass ich alles zum letzten Mal sah. An der Spüle hatte sie diverse Gewürze (Rosmarin, Zimt, Salbei und so weiter) aufgereiht. Ich fragte mich, wo sie die her hatte. In der Wohnung von Typen hatte ich noch nie Gewürze gesehen.

»Du kannst ja Musik anmachen, wenn du magst«, rief sie aus dem Bad.

»Okay«, sagte ich. Ich ging kurz ihre Kassetten durch. Ich wusste nicht, was sie hören wollte, und ich wollte bestimmt nicht derjenige sein, der für die Stimmung verantwortlich war. Ich ließ mich auf ihre durchgesessene Couch fallen. Mein Hintern sank unter Kniehöhe. Ich machte mich auf alles gefasst. Was auch passierte, ich würde tough sein.

Sie kam aus dem Badezimmer. Sie war gut gelaunt.

»Wie war dein Tag?«, fragte sie.

Ich wollte aufspringen und sagen: »Hey, was ist jetzt? Was ist los? Warum willst du mich nicht mehr sehen?«

»Oh, prima«, sagte ich matt aus den Tiefen von Sarahs Sofa. »Wie war dein Tag?«

»Verrückt.« Sie verdrehte die Augen. Ich konnte nicht glauben, wie unbefangen sie tat. »Ich war in letzter Zeit geradezu unglaublich beschäftigt«, sagte sie.

Sie legte drei bizarr verpackte Geschenke auf den Couchtisch zwischen uns und setzte sich im Schneidersitz auf den Boden.

»Und was ist das?«, fragte ich.

»Geschenke.« Sie sah mich an. Es war unser erster Blickkontakt, seit ich gekommen war.

»Ich nehme an, ich soll sie auspacken, was?«, fragte ich.

Sie nickte begeistert. Es war merkwürdig – ich weiß noch, sie war tatsächlich aufgeregt, als sie mir diese Sachen schenkte. Ich konnte nicht begreifen, warum. Schweigend öffnete ich die ersten beiden Geschenke. Es waren zwei mit Wachs betropfte Weinflaschen.

»Für Kerzen«, sagte sie.

»Wie nett«, sagte ich, noch immer auf die Pointe wartend.

»Und hier sind die Kerzen.« Sie stand auf und holte sie aus einer Schublade in der Küche.

»Danke«, sagte ich.

Sie setzte sich wieder und überreichte mir das große Geschenk. Sie sah mich erwartungsvoll an. Es hätte ein schöner Augenblick sein können, wenn ich nicht dagegen hätte ankämpfen müssen, den Tisch zu zertrümmern und zu schreien: »WAS IST LOS?«

Ich packte das nächste Geschenk aus. Es war ein gerahmtes Bild, das sie gemalt hatte, ein in achttausend Grünschattierungen hingetuschtes blutendes Herz mit einem roten Klecks, der auf den Rahmen tropfte. Ich liebte es. Ich hielt es in meinen Armen und starrte darauf.

»Warum schenkst du mir das?«, fragte ich.

»Ich dachte, es würde dir gefallen«, sagte sie mit aufrichtiger Zärtlichkeit.

»Das tut es auch.« Ich machte eine Pause. Ich konnte nicht schlucken. Ich zwang mich, tief einzuatmen. »Willst du dich noch weiter mit mir treffen?«

»Ich glaube, im Moment ist es einfach nicht –«

»Warum hast du es mir dann geschenkt?«

»Wie meinst du das?«, fragte sie.

»Was soll ich damit anfangen? Es zu Hause an die Wand hängen?« Ich konnte sie nicht ansehen.

»Ich weiß nicht, ich dachte –«

»Glaubst du, ich will mir ein Bild an die Wand hängen, das mich an ein Mädchen erinnert, das mich nicht mehr sehen will?« Mein ganzes Blut war in meinen Kopf geschossen.

»Ich hab dich gewarnt, ich hab dir gesagt, dass ich nicht glaube, dass ich das kann«, sagte sie im Tonfall einer Zahnarzthelferin.

»Du hast mir auch das Versprechen abgenommen, dich zu zwingen, bei mir zu bleiben.« Ich sah sie an. »Wie soll ich das machen?«

»Das kannst du nicht«, sagte sie und schüttelte den Kopf. »Ich bin nach New York gekommen, um alleine zu sein.«

»Ja, ich kenne die Geschichte.« Ich ballte die Fäuste, dass sich die Nägel in meine Handballen gruben.

»Ich versuche bloß, ehrlich zu sein.«

»Mir wäre es lieber, du würdest ein bisschen lügen.«

»Du willst, dass ich lüge?«, fragte sie und sah mich spöttisch an, als ob ich derjenige wäre, der sich total irrational verhielt. Das machte mich richtig sauer.

»Nein, ich will bloß, dass du wieder auftauchst. Wir

sind für vier blöde Wochen getrennt –«, ich stand auf, »ich komme zurück und finde das hier? Was hab ich getan?«

»Sieh mal, wenn du mich wirklich mögen würdest, würdest du verstehen –« Sie versuchte, mich zu beruhigen.

»Ist es meine Schuld?«, fragte ich.

»Es ist die Schuld von niemandem.«

»Na ja, darüber lässt sich streiten«, sagte ich und blieb direkt vor ihr stehen.

»Ich hab dir gesagt, es würde schwierig werden für –«

»Würdest du aufhören, Phrasen zu dreschen? Du magst mich nicht mehr. Du willst raus. Es war eine Zeit lang ganz nett. Jetzt macht es keinen Spaß mehr, also soll ich verschwinden und MIR DEIN SCHEISS BILD AN DIE WAND HÄNGEN.«

Sie schlug den Blick nieder und bedeckte ihre Augen mit der Hand. Sie saß noch immer auf dem Boden, und ich rannte um sie herum.

»Was soll ich denn machen, häh?«, fragte ich. »Was du gerade machst, hab ich auch schon gemacht, verstehst du. Ich habe die gleiche Scheiße erzählt, die du mir erzählst, und ich weiß, dass es gelogen ist.«

»Es ist nicht gelogen.«

»Es ist eine beschissene Lüge.« Beinahe hätte ich ihren Couchtisch umgetreten.

»Vielleicht hast du andere Leute angelogen, aber ich versuche nur, ehrlich zu sein«, sagte sie.

»Würdest du bitte aufhören, das zu sagen?«

»Eigentlich geht es doch gar nicht um mich«, sagte sie. »Du liebst nicht mich.« Sie machte eine Geste zum Boden. »Ich könnte jedes x-beliebige Mädchen sein. Es geht nur um dich. Ich kann nicht bloß rumsitzen und darauf warten, dass deine Faszination für die kleine graue Maus erlahmt. Du hast recht – es macht keinen Spaß mehr. Ich mag dich wirklich sehr gern, und du hast mich sehr glücklich gemacht …«

Ich hörte ihr nicht zu. Ich rannte um sie herum wie ein tollwütiger Hund, der an einen Pfahl gekettet ist.

»… aber wenn du im Zimmer bist, kann ich mich selbst nicht denken hören«, sagte sie. »Für dich ist alles ein großes Spiel von so tun als ob. ›Lass uns so tun, als ob wir heiraten.‹ – ›Lass uns so tun, als ob ich ein großer Country-Star wäre.‹«

Ich wollte sie packen und schütteln. Ich hatte das Gefühl, wenn ich irgendwas hart genug schlagen würde, könnte ich sie zwingen, mich zu lieben. Ich wollte, dass sie weinte.

»›Tu einfach so, als ob du jemand anders wärst‹«, fuhr sie fort. »Das hast du am ersten Abend in dem Klub, wo ich gesungen habe, zu mir gesagt. Weißt du noch? Mit dir ist nichts einfach zwanglos. Alles ist eine Riesengeschichte.«

»Nein, nur du. Du bist eine Riesengeschichte«, sagte ich.

Sie hatte die Arme um die Knie geschlungen. Ich sah mich nach etwas um, auf das ich einprügeln konnte. Kam gar nicht infrage, dass sich eine Frau von mir trennte, ohne zu weinen.

Sie duckte sich vor mir, als hätte sie Angst, ich könnte sie schlagen.

»Mein Gott, ich werd dich schon nicht schlagen«, sagte ich. Es klang wie eine Drohung. Sarah verbarg ihr Gesicht ganz in ihren Armen.

»Ich bin ein toller Typ. Du liebst mich«, sagte ich. Ich wollte nicht anfangen zu heulen. »Sieh mich an. Würdest du mich bitte ansehen?« Sie blieb stumm. »SIEH MICH AN, ICH STEHE DIREKT VOR DIR«, brüllte ich und beugte mich zu ihr runter.

Sie blickte nicht auf. Ich hörte auf, im Zimmer herumzurennen. Es war jetzt vollkommen still.

»Ich nehm es nicht gerade gefasst auf, was?«, sagte ich. »Hör mal, es würde mir sehr viel bedeuten, wenn du mich einfach nur ansiehst.« Ich blickte zu der Uhr in ihrer Küche, sie zeigte 12.03 Uhr an. »Ich habe Geburtstag«, sagte ich. »Ich bin einundzwanzig.«

Sie sah mich an. Ihre Augen und ihr Gesicht sahen aus wie bei einem Kadaver. Ich spürte, wie mir die Tränen kamen. Ich wusste, dass ich gehen musste, sonst würde ich anfangen zu heulen.

»Gut, ich gehe … Du möchtest, dass ich gehe, richtig?«

»Ja«, sagte sie und blickte wieder zu Boden.

Ich sammelte meine Geschenke ein. Sie waren schwer zu tragen. Ich betrachtete die blauen Wände. Ich dachte an die Ovale, die ich um ihre Augen gemalt hatte, als wir das Zimmer gestrichen hatten.

In meinem Kopf machte ich ein Foto von Sarah. Sie hatte sich in der Mitte des Raumes zu einer Kugel zusammengerollt, eine Hand fest um die Fingerknöchel der anderen geschlossen, das Gesicht zwischen den Knien vergraben. Ihr schwarzes Haar hing um ihre Beine. Ihre grünen Schuhe guckten unter ihrem braunen Kleid hervor. Ich versuchte, aus dem Zimmer zu gehen, aber ich konnte nicht.

»Tut mir leid«, sagte ich mit Blick auf die gegenüberliegende Wand. »Ich möchte es dir nicht schwer machen. Ich will mich nicht bescheuert anstellen, wirklich nicht. Aber meinst du nicht, du könntest mich vielleicht ein bisschen anlügen oder mich hier schlafen lassen oder irgendwas, um es mir ein wenig leichter zu machen?«

»Das kann ich nicht«, sagte sie.

»Doch, das kannst du. Es kommt mir vor, als ob du mir einen perversen Streich spielen würdest.«

»Es tut mir leid, dass du so empfindest.«

»Würdest du bitte mit mir reden wie mit einem normalen Menschen?«

»Ich hab das auch schon durchgemacht«, sagte sie, »und nachdem ich es überwunden hatte, war ich dankbar, weil ich viel stärker war.«

»Stark? Ich bin verdammt stark.« Ich stand auf, packte die Rückseite ihres Kühlschranks und kippte ihn um.

Sie saß reglos und still da. Ich stand vor ihr und betrachtete das Chaos, das ich angerichtet hatte. Meine Brille baumelte in meinem Gesicht. Ich setzte sie wieder auf.

»Wohin bist du verschwunden?«, fragte ich leise.

Sie antwortete nicht.

»Na denn«, sagte ich, »also, ich vermiss dich.«

Ich sammelte meine Geschenke ein und ging nach Hause.

Sechzehn

Am nächsten Tag hatte ich Geburtstag. Hipp, hipp, hurra. Einundzwanzig Jahre alt und manisch wie ein dreibeiniger Wolf. Ich saß meiner Mutter gegenüber. Wir waren in einem Restaurant namens Mexico Mágico. Wir gingen gern mexikanisch essen, um uns irgendwie vorzumachen, wir wären noch immer in Texas. Ich hasste es, allein mit meiner Mutter zu essen. Ich hatte es mein ganzes Leben lang getan und dabei immer ein Gefühl wie bei einer Verabredung gehabt.

Meine Mutter trug ein graues Kostüm. Ihr Haar war hellbraun, und sie hatte sich kürzlich blonde Strähnen färben lassen. Sie war mit dem Zug aus Trenton, New Jersey, in die Stadt gekommen. Ich weiß nicht warum, aber meistens kann ich meiner Mutter nicht in die Augen sehen. Die Leute erzählen mir immer, wie hübsch sie ist – sie ist nur siebzehn Jahre älter als ich –, aber ich versuche, sie nie anzusehen.

»Hast du Marlboros?«, fragte sie.

Meine Mutter liebt Marlboro-Zigaretten; jede andere

Marke ist ein Zeichen von Schwäche, erklärte sie mir, als sie mich zum ersten Mal beim Rauchen erwischte. Ich gab ihr eine und zündete sie an.

»Und wie geht's diesem Mädchen?«, fragte sie. Ich hatte den Fehler gemacht, Sarah zu erwähnen.

»Sie mag mich nicht besonders, Mom«, sagte ich und steckte mir selbst auch eine Zigarette an.

»Was ist denn mit ihr?«, fragte sie und gab dem Kellner ein Zeichen, dass wir mehr Chips und Salsa brauchten. Meine Mutter und ich haben ein und dasselbe Problem: Keiner von uns kann still sitzen.

»Gar nichts ist mit ihr, Mom. Sie mag mich einfach nicht.«

Ich sah mich in dem Restaurant um und hoffte, dass meine Margarita bald kam. Ich hatte mir gewünscht, dass der Kellner mich nach meinem Ausweis fragen würde, aber er tat es nicht.

»Ich fand immer, dass sie ein bisschen neurotisch klang«, sagte meine Mutter. Sie hatte nicht mehr die Spur eines Südstaatenakzents.

»Sie ist auch nicht neurotisch.« Ich spürte plötzlich einen stechenden Schmerz in der Magengegend.

Unsere Drinks kamen, und meine Mutter nahm eine Serviette und wischte den Salzrand von ihrem Glas ab.

»Prost«, sagte sie.

Die Kellner in dem Restaurant trugen alle Sombreros. Im hinteren Teil des Lokals spielte ein Typ in einer schwarzen, mit Pailletten besetzten Weste Mandoline. Vermutlich war nicht einer von ihnen wirklich Mexikaner; die meisten sahen eher aus wie Asiaten.

»Du machst einen deprimierten Eindruck«, sagte meine Mutter. »Alles in Ordnung?«

»Ja … ich mag Geburtstage nicht.«

»Niemand mag Geburtstage«, sagte sie. »Ab einem gewissen Punkt ist die Tatsache, dass dein Vater dich an deinem Geburtstag nicht anruft, nicht mehr sein Problem, sondern deins, William. Er liebt dich sehr. Da bin ich mir sicher. Ich glaube, es ist einfach zu schmerzhaft für ihn, den Kontakt mit dir aufrechtzuhalten.«

»Ich habe gar nicht erwartet, dass er anruft«, fauchte ich. Ich hatte keine Ahnung, was sie, verdammt noch mal, davon wusste. Der Schmerz in meiner Magengrube breitete sich aus. Der Raum war so bunt, dass ich Kopfschmerzen bekam.

»Warum, glaubst du, mag sie mich nicht?«, fragte ich.

»Wer? Dieses Mädchen?«, fragte meine Mutter. »Weil mit ihr irgendwas nicht stimmt.«

»Nein, Mom, mit mir stimmt irgendwas nicht. Was, glaubst du, ist es?« Ich wollte es wirklich wissen.

»Du respektierst Leute, die dich nicht mögen, mehr als andere«, sagte sie. »Das und die Tatsache, dass du nicht aufs College gegangen bist. Das sind deine einzigen Fehler.«

Dass ich das College geschmissen hatte, war das Einzige, was meine Mutter wirklich enttäuscht hatte.

Als ich ein kleiner Junge war, war sie meine größte Verbündete. Einmal bin ich im Kunstunterricht zu einem Jungen gegangen und habe ihm erklärt, sein Bild wäre bescheuert. Die Lehrerin ließ mich nachsitzen und einen einseitigen Aufsatz darüber schreiben, warum ich Worte wie »bescheuert« nicht benutzen sollte. Ich schrieb, ich hätte keine Ahnung, dass »bescheuert« ein schlimmes Wort sein soll und dass meine Mutter mit jeder Menge Typen ausgehen würde, die mich so bezeichnen würden. Nachdem sie den Aufsatz gelesen hatte, nahm meine Lehrerin mich in den Arm. Sie hatte Tränen in den Augen.

Als ich nach Hause kam, schwieg meine Mutter mich wütend an.

»Du bist unmöglich«, meinte sie schließlich. »Ich gehe nicht mit ›jeder Menge‹ Typen aus, und ich bringe dir auch nicht bei, Worte wie ›BESCHEUERT‹ zu benutzen.«

Ich konnte gar nicht wieder aufhören zu lachen.

»Warum hast du das behauptet?«

»Ich war in der Klemme.« Ich zuckte mit den Schultern.

»Ach, und dann benutzt du deine arme alte Mutter, um dich da rauszuwinden?«

»Hm-hm.«

Wir lachten beide.

»Was hast du ihr gesagt?«, fragte ich.

»Ich hab ihr gesagt, sie soll sich zum Teufel scheren.«

Unser Essen kam. Ich saß da und stocherte in meinem Reis und meinen Bohnen herum. Wie jedes Mal hatte ich zu viel Chips mit Salsa gegessen. Ich wünschte, Sarah wäre zu diesem Essen mitgekommen. Ich hätte abwesend und distanziert sein können, während die beiden fröhlich geschwatzt hätten. Ich wollte, dass meine Kindheit Vergangenheit war, aber ich hatte das Gefühl, dass sie noch mal ganz von vorne anfing.

Ich hörte zu, wie meine Mutter von ihrem neuen Freund erzählte. Was ich in den Tiefen meiner Magengrube spürte, war zweifelsohne ein wucherndes Geschwür.

»Er ist sehr witzig«, sagte sie. »Ich glaube, ich bin dabei, mich zu verlieben. Du wärst erstaunt, wie oft man sich im Leben verliebt.«

Ich hasste mich selbst. Ich hasste meine Mutter. Ich wusste, wenn es mit Sarah nicht klappte, würde es nie mit einer Frau klappen. Ich würde bestimmt als ein kauziges, weinerliches Muttersöhnchen enden, das sich in der Ecke einen runterholte. Ich wünschte, ich wäre bei meinem Vater aufgewachsen. Offensichtlich hatte ich nicht die geringste Ahnung, wie Männer sich zu verhalten hatten. Ich war mir allerdings ziemlich sicher, dass Männer auf keinen Fall rumsaßen, rauchten, Margaritas tranken und ihren Mamas ihr Herz ausschütteten.

An der Bar standen drei Männer und starrten mich an. Sie sahen schwul aus. Ich suchte das Lokal nach einer sexy Frau ab. Ich erwischte meine Mutter dabei, wie sie mich mit einem albernen Lächeln musterte.

»Was ist?«, fragte ich.

»Ich weiß nicht – du siehst bloß so anders aus. Älter«, sagte sie.

»Nun mach aber mal 'nen Punkt, Mom, ja?«, sagte ich und zog eine neue Zigarette aus der Packung. Ich gab ihr auch eine. Sie meinte, sie würde nur rauchen, wenn sie mit mir zusammen wäre.

Die Typen an der Bar machten mir langsam eine Gänsehaut. Ich wollte aufstehen und ihnen sagen, sie sollten aufhören, mich anzugaffen. Außerdem wollte ich wegrennen. Ich überlegte, wie Wahnsinnige sich wohl fühlten.

»Wie kommt es eigentlich, dass ich nicht getauft bin?«, fragte ich meine Mutter.

»Was?«, fragte sie.

»Ich weiß nicht – hast du dir kein bisschen Sorgen um mein Seelenheil gemacht?«

»Glaub mir, William, in der First Methodist Church von Fort Worth gab es niemanden, der etwas für dein Seelenheil hätte tun können.«

»Ich weiß nicht, warum ich überhaupt gefragt habe«, sagte ich. »Es ist nicht wichtig.«

Ich fing an, mir Sorgen zu machen, dass ich vielleicht gar keine Seele hatte. Sarah hatte mir vorgeworfen, ich würde immer nur so tun als ob. Sie hatte recht. Meine Mutter und ich machten uns auch ständig was vor. Ich tat so, als ob ich ein Texaner wäre, und sie tat so, als ob sie nicht aus Texas wäre. Ich erinnerte mich an die allsonntäglichen Abendessen bei Kerzenschein, egal, wo wir gerade wohnten. Ich dachte an das eine Mal, als ich so getan hatte, als sei ich das misshandelte Nachbarskind, nur um ihr einen Vorwand zu liefern, eine unangenehme Verabredung abzusagen.

»Seit du fünfzehn bist, ignorierst du mich«, sagte sie, »und ich dachte, es wäre vielleicht ein guter Geburtstagsvorsatz, deine Haltung gegenüber deiner armen alten Mutter zu ändern.«

Ich antwortete nicht. Meine Mutter stand auf gute Vorsätze.

»Sei nicht zu launisch«, sagte meine Mutter und zog an ihrer Zigarette. Sie liebte das Rauchen – das war offenkundig. »Dir werden noch eine Menge schlimmer Dinge passieren. Zunächst mal wirst du irgendwann sterben. Und so gesehen, musst du dir eigentlich nicht mehr allzu viel

Sorgen machen. Was immer sonst noch passieren mag, im Grunde hat man nur zwei Optionen: Man kommt mit dem Leben entweder gut klar und ist glücklich, oder man kommt nicht klar und ist unglücklich.«

Ich sah ihr schließlich doch in die Augen. Sie war eine bezaubernde Frau. Auf ihrem Gesicht lag ein schimmernder Glanz. Ihre Haut schien das Licht widerzuspiegeln. Ich fand es immer noch schwierig, sie anzusehen. Es war etwas in ihren Augenwinkeln; egal, wo sie war oder was sie tat – mit einem Glas Champagner in der Hand auf einer Silvesterparty in Baton Rouge, als Kellnerin in einem mit Kronleuchtern überladenen Hotel in New Hampshire oder in den hinteren Reihen eines Theaters in New York City, während ich auf der Bühne stand – sie sah immer verloren aus. Irgendwo unterwegs war sie am völlig verkehrten Ort gelandet. Und das machte mich immer so peinlich traurig.

»Sieh mal, William, ich bin enttäuscht. Ich kann nicht behaupten, dass ich nicht enttäuscht wäre. Ich dachte, mein Leben würde unendlich viel interessanter sein, als es dann tatsächlich geworden ist. Aber was kann ich daran ändern?« Sie zog die Schultern hoch und lächelte mich an.

Wohin ich auch ging und was ich auch sah, ich wollte dauernd losheulen.

Sie schenkte mir ein paar Oxford-Hemden mit Button-Down-Kragen und meinte, ich würde sie hoffentlich auch tragen. Sie achtete darauf, dass ich das Geschenk vorsichtig auspackte, damit ich das Papier noch einmal benutzen konnte. Ich küsste sie zum Abschied. Sie sagte, sie wünschte, ich würde besser auf mich aufpassen, und dass sie mich liebte. Alles, was ich herausbrachte, war: »Danke.«

Als wir das Mexico Mágico verließen, hatte ich Schiss, ja, ich hatte richtig Angst, zum ersten Mal in meinem Leben, so kam es mir vor. Ich machte langsame, bedächtige Schritte die 8th Avenue hinunter, vorbei an den Transvestiten, die um den Port Authority Bus Terminal herumlungerten, und den verrückten Eishockey-Fans, die johlend aus dem Madison Square Garden strömten, zurück zu den Freaks und Möchtegern-Freaks von Greenwich Village. Ich wusste nicht, zu welcher Gruppe ich gehörte, aber übel klangen sie beide.

Siebzehn

Samantha trug enge schwarze Levi's und einen rosafarbenen Angora-Pullover, der ihre beachtlichen Titten betonte. Sie waren nicht so schlaff wie Sarahs. Außerdem hatte sie scharfe schmale Hüften. Sie mochte es, wenn ich beim Gehen meine Hand auf ihren Arsch legte. Sie sagte, sie würde sich dann sexy fühlen.

Sie sollte die dritte Frau werden, mit der ich binnen zwei Wochen schlief. Keine meiner Lampen hatte einen Schirm, und die Glühbirnen brannten grell. Am früheren Abend hatten wir zum Essen gemeinsam drei Flaschen Wein geleert, sodass wir beide ziemlich schnell angeschickert waren. Ich hatte zugehört, während sie mir jede alberne Kleinigkeit erzählte, die sie erlebt hatte, seit wir uns das letzte Mal getroffen hatten. Dabei sah ich ihr direkt in die Augen. Samantha steht darauf. Sie liebt es, ernst genommen zu werden.

Ich fing an, mir zu wünschen, sie würde gehen – entweder das oder wir könnten einfach anfangen zu bumsen. Ich setzte mich auf meinen Stuhl.

»Du solltest die CDs wirklich wieder in ihre Hüllen packen«, sagte sie, als sie meine Sammlung durchging.

»Ja, sollte ich wohl«, sagte ich.

»Wie war noch mal ihr Name?«

»Wessen Name?«, fragte ich. Sarah war ein Thema, über das ich nicht sprechen wollte.

»Na, von dem Mädchen, mit dem du zusammen warst? Die Spröde.«

»Sarah«, sagte ich.

»Schien gar nicht dein Typ zu sein«, meinte Samantha. Sie ging davon aus, dass jede Frau, die auch nur ein wenig anders war als sie, nicht mein Typ war.

Sam spazierte durchs Zimmer. Sie registrierte den Lippenstift an einem Zigarettenfilter im Aschenbecher. Sie registrierte, dass ich meine Decken auf der Couch ausgebreitet hatte. Sie registrierte alles. Ich saß auf meinem Stuhl und versuchte, nicht ohnmächtig zu werden.

»Ich hab gehört, sie hat nicht mit dir gebumst«, sagte sie.

»Das stimmt nicht. Wir haben miteinander geschlafen.« Samantha war immer an allen Details interessiert.

»Ich hab es auch nicht geglaubt, als ich es hörte. Ich konnte mir nicht vorstellen, dass du irgendeine nicht bumst.«

»Eine Zeit lang wollte sie nicht mit mir schlafen«, sagte ich zu meiner Verteidigung.

»Warum nicht? Hat sie Komplexe?«

Ich wollte nicht über Sarah reden. Sie war das Einzige, woran ich dachte, aber ich wollte nicht davon anfangen. So betrunken fühlte ich mich besser als den ganzen Tag über. Ich hasste es, morgens aufzuwachen. Ich hatte nichts zu tun, und wenn, ließ ich es sausen. Ich hatte ein seltsames Problem. Es fing immer zwei Sekunden nach dem Aufwachen an. Das Wort »Schwuchtel« hämmerte als Off-Beat zu meinem Puls durch meinen Kopf. Ich konnte es nicht abstellen. Ich hatte sogar Schwierigkeiten, in ganzen Sätzen zu denken. Ich stand unter der Dusche, und die Stimme dröhnte in meinem Kopf. Ich schlug meinen Hinterkopf gegen die Kacheln. Dann hatte ich eine Minute Ruhe. Ich versuchte, mich an die Dinge zu erinnern, die ich gedacht hatte, bevor ich Sarah getroffen hatte. Ich wollte wissen, womit ich mein Hirn all die müßigen Minuten des Tages beschäftigen sollte. Die Dallas Cowboys. Ich zwang mich, an sie zu denken. Roger Staubach, Danny White, Tony Dorsett. Ich ging im Kopf all ihre großen Spiele durch. Dann hörte ich sie wieder, meine eigene Stimme, die mich in stetem Puls und perfektem Rhythmus Schwuchtel nannte. Sie hörte den ganzen Tag lang nicht auf, bis ich hoffnungslos betrunken war. Erst dann beruhigte sich mein Verstand wieder.

Ich stand auf und ging rüber zu Samantha. Ich ging langsam, weil ich nicht hinfallen wollte. Ich versuchte sie so anzusehen, wie ich mir vorstellte, dass andere Menschen jemanden ansahen, bevor sie ihn oder sie küssten.

»Was ist mit deinem Telefon passiert?«, fragte sie und zeigte auf einen Haufen verworrener Kabel und Elektronikschrott neben meinem Anrufbeantworter.

»Ich habe es zertrümmert.«

»Warum?« Samantha war nicht nach Rummachen zumute.

Ich nahm meine Brille ab und legte sie weg. Ich hatte

überhaupt nie mehr die Energie, meine Kontaktlinsen einzusetzen. Ich rieb mir die Schläfen. Meine Gedanken fuhren Karussell.

»Weil ich in sie verliebt war«, lallte ich.

»Du warst in Sarah verhebt?«

»Ja.«

»Nein, warst du nicht.« Sie starrte mich an. Ich konnte sie überhaupt nicht erkennen.

»Mag sein. Wer weiß?«, sagte ich und ging zu meinem Stuhl zurück. Ich wollte nicht zu betrunken erscheinen, weil Samantha dann garantiert nicht mit mir schlafen würde. Sie möchte sich zumindest vormachen können, dass dabei etwas halbwegs Persönliches abgeht.

»Was machst du, wenn du jemanden anrufen willst?«, fragte sie.

»Ich hab ein neues Telefon gekauft. Bis jetzt wollte ich noch niemanden anrufen.«

»Mich hast du aber angerufen?«, meinte sie.

»Aus einer Telefonzelle«, antwortete ich.

»Und Sarah liebt dich nicht?« Samantha wurde ernst. Das war mir unangenehm.

»Nein«, sagte ich.

Samantha kam zu mir rüber, schob die Decken und irgendwelchen anderen Mist vom Sofa und nahm mir gegenüber Platz.

»Bist du traurig?«, fragte sie. Ihre Augen waren großzügig, interessiert und mitfühlend.

»Und wenn schon«, sagte ich. Ich konnte wirklich nicht ertragen, wie sentimental sie wurde.

»Was ist passiert?«, fragte sie.

»Sarah hat mir erklärt, dass sie mich nicht mehr sehen will, also bin ich zu ihrem Haus gerannt und habe vor ihrem Fenster den Romeo-Monolog rezitiert, und als ich nach Hause kam, hatte sie eine Nachricht auf meinem Anrufbeantworter hinterlassen: Wenn ich noch mal vor ihrem Haus rumhängen würde, würde sie die Bullen rufen.« Das war eines der Dinge, über die ich nicht reden wollte. Es klang so tragisch.

Vor einer Woche hatte ich erneut vor Sarahs Haus auf der Straße gestanden und ihr erleuchtetes Fenster angestarrt. Sie hatte Besuch, eine Frau. Ich stellte mir vor, wie sie über mich redeten. »Was hast du dir dabei *gedacht?*«, fragte ihre Freundin. »Ich *weiß* nicht«, erwiderte Sarah, die an sich halten musste, nicht laut loszulachen.

Ich wollte, dass sie sich an mich erinnerte. Ich wollte nicht jammernd das Feld räumen. Ich wollte, dass sie erkannte, dass sie diejenige war, die einen Verlust erlitt. Ich stand da, nachts um zwei, mitten auf der 9th Street, und begann, meinen Plan umzusetzen.

»WAS SCHIMMERT DURCH DAS FENSTER DORT? ES IST DER OST UND JULIA DIE SONNE! GEH AUF, DU HOLDE SONN'! ERTÖTE LUNEN, DIE NEIDISCH IST UND SCHON VOR GRAME BLEICH.« Adrenalin pulsierte durch meinen ganzen Körper.

Ihre Freundin kam ans Fenster, sah hinaus, drehte sich wieder um und sagte etwas zu Sarah. Eine Menge anderer Fenster gingen auf, und Leute steckten die Köpfe nach draußen.

»DASS DU VIEL SCHÖNER BIST, OBWOHL IHR DIENEND: OH, DA SIE NEIDISCH IST, SO DIEN IHR NICHT. NUR TOREN GEHN IN IHRER BLASSEN, KRANKEN VESTALENTRACHT: WIRF DU SIE AB.«

Die letzte Zeile schmetterte ich regelrecht. Sarah kam ans Fenster. Ich befand mich in einem Zustand akuter Panik, doch ich konnte nicht aufhören.

»SIE IST ES, MEINE GÖTTIN! MEINE LIEBE!« Ich zeigte auf Sarah. »O WÜSSTE SIE, DASS SIE ES IST!« Ich trat gegen einen Haufen welker Blätter, die sich in einem Gulli gesammelt hatten.

Sarah berührte die Schulter ihrer Freundin, und sie gingen beide vom Fenster weg. Ich konnte sie nicht mehr sehen, aber das war mir egal. Ich fühlte mich besser.

»O WIE SIE AUF DIE HAND DIE WANGE LEHNT! WÄR' ICH DER HANDSCHUH DOCH AUF DIESER HAND UND KÜSSTE IHRE WANGE!«

Ich hoffte, dass ich zufällig genau ihre Pose getroffen hatte.

»O SPRICH NOCH EINMAL, HOLDER ENGEL!«, rief ich. Ich wusste noch weiter, aber ich fand, dass dies eine gute Stelle zum Aufhören war. Einige Leute buhten mich aus, andere keiften, ich sollte meine verdammte Klappe halten, doch ich hörte ganz deutlich, dass eine Person applaudierte.

»HEY SARAH! HEY SARAH!«, rief ich.

Sie kam nicht ans Fenster.

»DU KANNST NICHT BEHAUPTEN, ICH HÄTTE KEINEN STARKEN ABGANG GEHABT. DAS JEDENFALLS NICHT.«

Ich ging weg. Ich fühlte mich so gut wie seit meiner Rückkehr aus Paris nicht mehr. Daran würde sie sich immer erinnern, dachte ich. Stolz strahlend ging ich nach Hause.

Auf meinem Anrufbeantworter war eine Nachricht.

»Ahm … William«, sagte sie mit zitternder Stimme,

»wenn du mit mir reden willst, so geht es jedenfalls nicht. Ich habe Angst, meine Wohnung zu verlassen. Bitte komm nicht mehr vorbei … Ciao.«

Ich rief sie zurück.

»Ich wollte dir keine Angst machen«, sagte ich. »Ich wollte nur mit den besten Worten, die ich kenne, auf Wiedersehen sagen.«

»Auf Wiedersehen«, sagte sie und legte auf. Ich platzierte den Hörer auf die Gabel und rammte das Telefon mit beiden Händen gegen die Wand. Der Hörer zerbrach in drei Teile, und die Tasten sprangen aus dem Gehäuse.

»Was für ein Miststück«, sagte Samantha auf meiner Couch. Sie hatte ein Bein über das andere geschlagen und sah sehr sexy aus. Ihre Jeans saßen eng über den Kurven ihres Hinterns. »Wenn das jemand vor meinem Fenster machen würde, würde es mir das Herz brechen«, sagte sie.

»Ja?«, fragte ich, meine Chance erkennend. Es wäre besser, wenn wir bald anfangen würden rumzumachen, sonst würde ich vorher schlappmachen. Vorsichtig ging ich zur Couch und küsste sie. Einen Moment lang dachte ich daran, ihr zu sagen, dass ich sie liebte, aber ich wusste, dass sie mich ernst nehmen würde. Ich küsste ihren Hals und ihre Brüste. Ich versuchte, langsam zu machen. Samantha wird abweisend, wenn sie glaubt, dass man nur mit ihr bumsen will.

»Hast du seither von ihr gehört?«, fragte sie und entzog sich mir. Eines von Sams gravierenden Problemen ist, dass sie permanent ungefähr zwei Dezibel zu laut redet.

»Nein.« Ich versuchte, elegant ihre Jeans aufzuknöpfen.

»Lass uns ins Bett gehen«, sagte sie und nahm meine Hand.

»Ich hab kein Bett«, sagte ich.

»Was soll das heißen?«

»Ich hab es aus dem Fenster geschmissen«, sagte ich. Darüber wollte ich eigentlich auch nicht reden. Das war ebenfalls am Abend des *Romeo-und-Julia*-Fiaskos passiert.

»Warum?«, fragte Samantha. Sie hörte ganz auf, mich zu streicheln, und stand auf.

»Es hat mir nicht mehr gefallen.« Ohne meine Brille konnte ich die einzelnen Züge ihres Gesichts gar nicht mehr erkennen.

»O mein Gott«, sagte Samantha. Anscheinend war sie gerührt von meiner Labilität. Sie kam zur Couch zurück und küsste mich auf den Mund. Dann schlenderte sie mit offenen Jeans durch das Zimmer und machte alle Lichter aus. Ich wollte wegrennen. Ich kauerte mich auf die Couch und kam mir vor wie ein achtjähriger Junge. Das Problem war nur, ich wusste, dass ich das nicht war.

Ich fing an, sie zu küssen. Ich fing an, ihr die Hose herunterzuziehen. Ich vergrub mein Gesicht zwischen ihren Brüsten. Sie machte den Reißverschluss meiner Hose auf und brachte die Sache in Schwung, indem sie mir einen blies. Dabei hätte ich nicht sagen können, ob sie ein Junge oder ein Mädchen war. Ich zog sie zu mir hoch, küsste ihre Augen, ihre Wangen, ihre Zähne. Ich roch ihr Haar. Ich streichelte ihren ganzen Körper. Samantha wollte Sex. Sie tat mir keinen gottverdammten Gefallen. Sie wollte nicht darüber reden. Ich hasste Sarah. Ich drehte Samantha um, zog ihren Slip herunter und drang in sie ein.

»Hast du Kondome?«, fragte sie. Ich fand immer, dass das ein blödes Wort für »Gummis« war, sogar wenn Sarah es gesagt hatte. Als ob man versuchen würde, es irgendwie nett klingen zu lassen oder so.

»Ja, ja … warte eine Sekunde.« Ich stand auf und rannte ins Bad. Ich versuchte mich zu beeilen, weil ich meine Erektion nicht verlieren wollte. Ich wusste, wenn sie erschlaffte, würde ich keinen mehr hochkriegen, und ich war mir nicht sicher, ob ich diese Katastrophe noch einmal bewältigen konnte. Ohne Licht und ohne Brille konnte ich rein gar nichts erkennen. Ich machte das Badezimmerlicht an und suchte nach Kondomen. Sie lagen direkt neben Sarahs Tampons. Ich konnte nicht fassen, dass sie mir ausgerechnet die dagelassen hatte. Obwohl es mir ganz gut passte. Ich dachte, wenn Leute zu Besuch kamen und sie dort stehen sahen, würden sie denken, dass ich noch immer eine Freundin hatte.

Ich nahm ein Kondom heraus und versuchte es überzustreifen. Es war bestenfalls halb drauf, als ich es aufgab. Ich warf es ins Klo, machte den Reißverschluss meiner Hose zu und taumelte ins Wohnzimmer zurück. Mir war definitiv übel. In meinem Mund sammelte sich Speichel. Samantha hockte noch immer auf den Knien, ihr Hintern schwebte über dem Sofa. Ihr Kopf lag auf einem Kissen.

»Du musst gehen«, sagte ich. Ich wollte es freundlicher sagen, aber ich wusste nicht, wie. Ich ging zu ihr rüber, hob ihren Slip auf und drückte ihn ihr in die Hand.

»Wovon redest du überhaupt?«

»Ich hasse Kondome«, sagte ich.

»Mach dir deswegen keine Sorgen«, sagte sie sanft.

»Eigentlich willst du doch gar nicht hier sein«, sagte ich.

»Doch, will ich wohl.« Sie versuchte wieder, unheimlich sensibel zu sein. Ich tastete nach meiner Brille. Ich dachte, damit würde ich einen vernünftigeren Eindruck machen. Ich setzte sie auf.

Sie stand nackt vor mir. Samantha ist kein bisschen gehemmt. Außerdem ist sie sehr schön. Ich fühlte mich grauenhaft. Ich wusste nicht, warum sie so verdammt nett war. Ich wollte ihr irgendwie wehtun, ihr Gesicht nehmen und etwas Gemeines damit machen.

»Hör mal, Sam, tu mir einen Gefallen und geh. Ich kann im Moment niemanden um mich haben. Ich ruf dich morgen an. »

»Ich will mit dir reden.« Sie berührte mein Gesicht. Ich zuckte zurück.

»Ich ruf dich morgen an«, sagte ich noch einmal.

Wir standen da und betrachteten einander. Sie war noch immer nackt.

»Ich will wirklich einfach bloß alleine sein«, sagte ich.

»O mein Gott«, sagte sie, zog sich hastig an, nahm ihre Tasche und ging, ohne die Tür hinter sich zuzumachen.

Sobald sie gegangen war, wünschte ich, sie wäre nicht gegangen. Ich wollte ihr nachlaufen und sagen, dass es mir leidtat. Mir taten so viele Dinge leid. Ich hatte das Gefühl, ich hätte Sarah den besten Teil meines Selbst offenbart, und sie hätte ihn irgendwie immer noch.

Ich machte die Tür zu und ging wieder ins Bad. Ich betrachtete mich im Spiegel. Ich hatte meinen grauen Pullover an. Meine Augen sahen aus, als würden sie unter den

Brillengläsern bluten. Ich hatte mich seit Wochen nicht rasiert. Auf der linken Seite hatte ich viel mehr Stoppeln als rechts. Ich fragte mich, ob das irgendwas zu bedeuten hatte. Ich hatte den Mund meines Vaters und bekam nach und nach einen sehr distanzierten Ausdruck um die Augen, wie er ihn in meiner Erinnerung auch hatte.

Als ich ihn das letzte Mal gesehen habe, war ich sieben Jahre alt. Wir standen am Weihnachtstag im Flughafen von Dallas und Fort Worth. Ich hatte einen Gitarrenkoffer voller Spielzeugpistolen. Die Leute von der Fluggesellschaft erlaubten mir nicht, ihn mit an Bord zu nehmen. Bei den Metalldetektoren musste ich mich von meinem Vater verabschieden.

»Ich sorge dafür, dass der Koffer noch mitkommt«, sagte er. »Und wenn nicht, schicke ich ihn dir einfach nach.«

»Okay«, sagte ich. Auf der anderen Seite des Detektors wartete eine ganz in rot gekleidete Frau von der Fluggesellschaft auf mich.

»Ich verspreche dir, dass du ihn kriegst«, sagte mein Vater und beugte sich, den Gitarrenkoffer noch immer in der Hand, zu mir runter.

»Das wäre klasse«, sagte ich.

»Am Sonntag spielen die Cowboys wieder, also sieh zu, dass du es nicht verpasst.«

»Bestimmt nicht.« Ich liebte die Cowboys.

»Das ist unser Jahr«, sagte mein Vater lächelnd.

»Ich weiß.« Mir war nicht nach Reden zumute. Ich wollte nicht zurück zu meiner Mom.

»Also, William, pass auf dich auf. Wir haben dich lieb«, sagte er. Ich fragte mich, wer »wir« war, doch dann fiel mir seine neue Frau wieder ein. Sie stand direkt hinter ihm. Er mochte sie sehr gern.

»Und sieh zu, dass du im Herzen immer Texaner bleibst«, sagte er und gab mir einen Knuff auf die Brust. Ich fand immer, dass das ein sehr poetischer Satz für einen Unternehmensberater war.

Wir umarmten uns. Ich ging durch den Metalldetektor, und die Dame von der Fluggesellschaft führte mich zum Gate. Sie bestand darauf, mich bei der Hand zu fassen. Das nervte mich. Ich hatte nicht das Gefühl, irgendwohin gebracht werden zu müssen. Ich konnte die Schilder lesen. Ich drehte mich um und sah, wie mein Vater mir zuwinkte, meinen Gitarrenkoffer in einer Hand, seine neue Frau an der anderen.

Ich dachte daran, meinen Vater anzurufen und ihm zu sagen, dass ich im Herzen immer Texaner geblieben wäre und was für ein Haufen Scheiße dieser Rat gewesen war.

Ich ging in die Küche und goss mir ein Glas Wasser ein. Als ich mich zum Waschbecken runterbeugte, stieß ich mir an einem der Küchenschränke den Kopf. Ich fing an, mit der Faust blindlings auf die Schranktür einzuhämmern, immer weiter, bis meine Fingerknöchel aufplatzten. Dann riss ich die Tür aus den Angeln und die nächste gleich hinterher. Meine Hand tat mörderisch weh. Ich wollte, dass sie gebrochen war. Ich wollte einen Gips haben, damit die Leute fragen würden »Was ist passiert?« und ich sagen könnte: »Seht ihr, wie stark ich bin? Ich habe mir selbst die Hand gebrochen.«

Ich ging ins Bad, um sauber zu machen. Ich atmete

schwer, aber ich weinte nicht. Blut tropfte überallhin. Mein eigenes Gesicht gaffte mich aus dem Spiegel an. Ich atmete tief ein, verzog den Mund und bereitete mich darauf vor, den Spiegel einzuschlagen. Ich hielt inne. Ich wollte nicht weinen. Ich drohte träge mit der Faust und legte meine blutende Hand auf mein Spiegelbild.

Ich hatte plötzlich das Bedürfnis, mit meinem Vater zu reden. Es war mir egal, wie spät es war. Ich wollte ihn anrufen und ihm sagen, dass er ein Verräter war. Ich war wütend, dass er mich nicht gebeten hatte, zu ihm zu kommen und bei ihm zu leben. Ich dachte, wenn ich ihm sagen würde, er solle sich zum Teufel scheren, würde es mir sofort besser gehen.

Ich hatte seine Nummer nicht. Ich würde meine Mutter anrufen müssen, um sie zu bekommen. Ich war mir sicher, dass sie sie noch immer hatte.

Ich ging wieder in die Küche, stieg über die zertrümmerten Schranktüren und packte das Telefon aus, das ich vor ein paar Tagen gekauft hatte. Mit meiner gesunden Hand entwirrte ich die Kabel. Blut tropfte auf die weißen Wände und auf den Holzfußboden. An meinen Fingerknöcheln hingen große Fetzen abgestorbener weißer Haut.

Ich stöpselte das Telefon in die Wand und suchte die Telefonnummer meiner Mutter. Sie zog so oft um, dass es fast unmöglich war, auf dem neuesten Stand zu bleiben.

Ihr Freund meldete sich verschlafen. Mit der linken Hand knallte ich den Hörer auf die Gabel. Dann legte ich ihn behutsam richtig auf. Ich wollte nicht noch ein Telefon kaputt machen. Sonst konnte ich überhaupt niemanden mehr anrufen.

Meine rechte Hand baumelte schlaff herunter. Bevor ich darüber nachdenken konnte, was ich tat, klemmte ich den Hörer wieder zwischen Schulter und Ohr und fing an, Sarahs Nummer zu wählen.

Wenn sich der Anrufbeantworter meldete, würde ich auflegen. Wenn sie selbst antwortete, würde ich mich dafür entschuldigen, dass ich noch so spät anrief, und ihr erzählen, dass ich dabei war, den Verstand zu verlieren. Es war der Anrufbeantworter, aber ich konnte nicht auflegen. Ihre Stimme klang bei der Ansage so freundlich.

»Hey, hör mal, ich bin's … William«, sagte ich. Der Schmerz in meiner Hand war so heftig, dass mir die Luft wegblieb. »Bist du da? … Bist du da?«, fragte ich. »Ah … okay. Tut mir leid, dass ich so spät noch anrufe. Ruf mich bei Gelegenheit an. Und happy Thanksgiving.« Ich hatte mir gedacht, dass sie nicht zu Hause war. Auf dem Rückweg von Little Italy war ich mit Samantha an Sarahs Haus vorbeigegangen und hatte bemerkt, dass ihr Licht nicht brannte. Ich hatte mir gedacht, dass Sarah nicht wütend sein würde. Wenn sie mich mit einem anderen Mädchen vor ihrem Fenster sah, hätte sie keinen Grund, sich von mir belästigt zu fühlen. Außerdem sah Samantha besser aus als Sarah, und ich wollte, dass sie sah, dass ich mich amüsierte.

Nachdem ich aufgelegt hatte, rief ich gleich noch mal an. Es war wunderbar, wieder ihre leise, ruhige Stimme auf dem Anrufbeantworter zu hören.

»Hey, tut mir leid, dass ich noch eine Nachricht hinterlasse. Ich wollte dir nur sagen, dass ich weiß, dass du im Augenblick vielleicht nicht mit mir reden willst, und wenn dem so ist, mach dir deshalb keine Sorgen. Wir reden, wenn die Zeit reif ist. Bis dann.« Ich legte auf. Ich war zufrieden mit dieser Nachricht. Ich versuchte, normal und vernünftig zu klingen. So würde sie bestimmt eher zurückrufen, dachte ich.

Bis mir klar wurde, dass sie mich, wenn ich ihr gleich eine Entschuldigung lieferte, nie zurückrufen würde. Ich rief sie sofort noch mal an.

»Hey, hör mal. Ich bin's wieder. Das ist ziemlich absurd, was?« Ich saß noch immer im grellen Schein der Küchenlampe auf dem Boden, inmitten von zertrümmerten Schranktüren. »Ich weiß genau, dass du mich nicht zurückrufen wirst, aber das solltest du. Ich meine, ich fände es schön, wenn du es tust, das wäre nett. Nicht, dass es dich einen Scheißdreck kümmert, ob du nett bist oder nicht, denn ich weiß, dass es dich nicht kümmert.« Ich starrte die nackte Glühbirne über mir an, bis meine Netzhaut brannte. »Es ist nur, dass ich heute Abend mit einem anderen Mädchen ausgegangen bin, Samantha – erinnerst du dich an sie? Ich meine, ich weiß, dass du sie nicht magst, weil sie nicht dauernd irgendwelchen intellektuellen Schwachsinn absondert, aber sie ist wirklich intelligent. Du solltest nicht denken, dass ein Mädchen, bloß weil es hübsch ist, nicht auch klug sein kann, weil das nämlich nicht stimmt. Ich weiß nicht, ich hatte immer das Gefühl, dass du genau wegen so 'nem Scheiß jede Menge Komplexe hattest.« Ich wurde langsam müde. Außerdem hatte ich immer noch Angst, mich zu übergeben.

»Vielleicht versuchst du nur, besonders superschlau zu sein, weil du nicht hübsch bist. Aber das solltest du nicht, weil ich finde, dass du hübsch bist. Du bist bestimmt nicht brennend daran interessiert, von mir irgendwelche Ratschläge für dein Gefühlsleben zu hören, aber – jedenfalls ist Samantha eine attraktive Frau, und sie ist intelligent, und wir haben uns amüsiert.« Ich wusste, dass ich vor mich hinblubberte, aber die Vorstellung aufzulegen, war einfach unerträglich.

»Es hat mir geholfen, ein bisschen Abstand zu uns zu kriegen, weißt du? Damit ich dich ein bisschen weniger vermisse. Nicht, dass ich dich irgendwie obsessiv vermissen würde oder so, also flipp nicht gleich aus und ruf die Bullen an. Ruf mich einfach zurück, das wäre cool, ja? Ich meine, ich weiß, dass ich im Moment nicht ganz oben auf der Liste der Menschen stehe, denen du was Gutes tun willst, aber … ähm … ruf mich an … ich muss wirklich mit jemandem reden.« Ich machte eine lange Pause und blickte mich in der Küche um. Ich sah nichts außer fünf oder sechs verschiedenen Doubletten der Deckenglühbirne, die mir in den Augen brannten.

»Weißt du, woran ich neulich gedacht habe? Erinnerst du dich, wie du immer auf der Bordsteinkante gegangen bist und ich im Rinnstein, damit du genauso groß bist wie ich? Ja, also, das ist echt bescheuert. Das solltest du nicht machen. Ich bin größer als du, und du solltest dem einfach ins Auge sehen … Ja, also … hör mal, ich will nicht auflegen, weil ich weiß, sobald ich aufgelegt habe, komme ich mir vor wie ein kompletter Idiot. Also ruf mich bitte zurück, weil ich mich sonst wahrscheinlich umbringe oder irgendwas – ICH WERDE MICH NATÜRLICH NICHT UMBRINGEN. Also, du hast wirklich gar keinen Sinn für Humor, weißt du das. Das hat mich an dir immer super genervt. Also gut, ruf mich an, okay? … Ich lege jetzt auf … tschüss.« Ich legte den Hörer auf und schloss die Augen. Ich beschloss, dass ich sie noch ein weiteres Mal anrufen musste, um ihr zu erklären, wie leid es mir tat, dass ich sie überhaupt angerufen hatte.

Aber diesmal nahm sie selbst ab.

»William, du musst aufhören, mich anzurufen«, sagte sie direkt.

Mir stockte der Atem. Ich schämte mich augenblicklich in Grund und Boden.

»Ich dachte, dass du wahrscheinlich zu Thanksgiving bei deiner Mutter bist«, sagte ich schließlich.

»Wir haben jetzt Sonntagmorgen drei Uhr achtunddreißig. Thanksgiving war Donnerstag.«

»Ach ja«, sagte ich. »Jetzt fällt es mir wieder ein.«

Es entstand ein langes Schweigen.

»Na ja, ich wollte dich nur anrufen«, sagte ich, »und dir sagen, dass es mir leidtut, dass ich dich angerufen habe. Ich bin im Moment ziemlich betrunken.«

»Warum gehst du nicht einfach schlafen?«, sagte sie. Es machte mich so glücklich, in ihrer Stimme einen winzigen Hauch von Anteilnahme zu hören.

»Ich kann nicht schlafen«, sagte ich. »Ich habe in letzter Zeit viel über dich nachgedacht, und ich habe –«

»William, es ist nett von dir, dass du an mich denkst, aber wir sollten jetzt nicht weiter miteinander reden, eine ganze Weile lang nicht.«

»Ja, ich glaube, du hast recht«, sagte ich. Ich wollte einfach allem zustimmen.

»Okay, mach's gut«, sagte sie und legte auf. Ich hielt den Hörer weiter zwischen Schulter und Ohr geklemmt, bis der bohrende Ton des Freizeichens in mein Ohr zu dröhnen begann.

Mit der linken Hand schlug ich das Telefon so lange auf den Boden, bis alle Tasten, Schrauben und Kabel herausquollen. Das war mein drittes Telefon binnen drei Wochen gewesen.

Die Stille war überwältigend.

Dann fing es wieder an, wie ein Metronom in perfekter Synkope zu pulsieren in meinen Schläfen, die Stimme, die sagte: »Schwuchtel.«

Ich versuchte aufzustehen, konnte jedoch mit meiner verkrüppelten Hand das Gleichgewicht nicht halten. Ich rutschte auf dem Blut auf dem Küchenfußboden aus. Schließlich wanderte ich durchs Wohnzimmer zurück ins Bad. Ich beugte mich vor und steckte den Kopf in die Kloschüssel. Das Kondom schwamm noch immer im Wasser. Ich richtete mich wieder auf und betrachtete mich erneut im Spiegel. Irgendwie hatte ich mich von oben bis unten mit Blut beschmiert – mein Gesicht, meine Haare, meinen Hals. Ich sah mich in Sarahs Kleid. Ich konnte das feine grüne Blumenmuster und die Schulterträger erkennen; es sah aus, als hätte ich Brüste.

Das Schweigen schwoll zu einem Kreischen an. »Schwuchtel, Schwuchtel«, dröhnte die Stimme in meinem Kopf.

Ich taumelte und stolperte ins Schlafzimmer. Weil

es kein Bett mehr gab, war der Boden leer. Die Umrisse der Matratze, die vorher dort gelegen hatte, waren durch Staubstreifen markiert. Der Boden schwankte sanft hin und her, als ob er auf Wellen treiben würde. Ich blickte zur Decke und wartete, dass das Schwanken aufhörte. Der Raum kam langsam zum Stehen, und das Kreischen in meinem Kopf wurde einfach zum dumpfen Summen der Stille. Ich sah mich im Zimmer um und bemerkte Krimskrams wie Büroklammern, abgebrochene Bleistifte und unbeschriftete Kassetten auf dem Boden; winzige Kleinigkeiten, an deren Verlust ich mich gar nicht erinnerte. Ich konnte aus dem Fenster gucken. Es sah aus, als wären in der ganzen Stadt nur noch drei oder vier Lichter an. Ich bewegte mich langsam, hob ein T-Shirt auf, wickelte es um meine Hand und kniete mich hin. Ich bin kein Katholik oder so, aber ich beschloss zu beten.

Achtzehn

»O Gott«, war das Erste, was Samantha sagte, als ich am nächsten Morgen im Flur ihres Studentenwohnheims stand.

Sie ging mit mir zur Universitätsambulanz, und als der Assistenzarzt meine Hand mit sechzehn Stichen genäht hatte, war das Desaster vom Vorabend offenbar vergessen. Das war das Wesen unserer Beziehung, und so war es schon immer gewesen.

Samantha war die erste Frau, mit der ich je geschlafen habe, im Schlafzimmer von Wendy Engelhardts Eltern. Wendy hatte eine Party mit reichlich Fassbier gegeben. Samantha und ich hatten uns, ein ausdrückliches Verbot missachtend, nach oben geschlichen, um unseren Plan in die Tat umzusetzen. Zur Feier des Anlasses trug sie einen lila Spitzen-BH mit passendem Slip und Strümpfen. Sie war sechzehn. Sie sagte, sie wollte hübsch aussehen. Ich erklärte ihr, sie sähe gut aus. Um das Laken von Wendys Eltern nicht zu versauen, legten wir uns vorsichtig auf das Überbett. Ich war so nervös, dass ich sie nur unbeholfen und grob berühren konnte. Wir wühlten auf dem Bett rum, bis wir die richtige Position hatten. Ich lag auf ihr, meine Beine zwischen ihren. Ich wusste, dass ich in der Tasche meiner Jeans auf dem Fußboden ein Gummi hatte. Ich sah auf Samantha herab.

»Liebst du mich?«, flüsterte sie in ihrem verführerischsten Tonfall. »Wirst du mich immer lieben? *Will you make me so happy for the rest of my life? Will you take me away and make me your wife?*« Sie grinste mich listig an.

Sie zitierte einen Meat-Loaf-Song, den wir beide mochten. Ich küsste sie und drang mit der brutalen Gewalt eines Sherman-Panzers in sie ein.

Nachdem ich gekommen war, lagen wir einfach nur da und lauschten dem gedämpften Party-Lärm. Keiner von uns hatte eine Vorstellung, was er sagen sollte. Ich fragte sie, ob es ihr gefallen hätte. Sie sagte, es hätte wehgetan, wäre aber trotzdem schön gewesen.

Ein Kumpel von mir klopfte an die Tür und fragte, ob ich Mäxchen spielen wollte. Ich sah Samantha fragend an. Sie lächelte.

»Ganz sicher?«, fragte ich.

»Wenn du willst«, sagte sie.

»Ich bin gleich wieder da.« Ich sprang vom Bett, zog mich an, rannte nach unten und ließ sie allein. Ich trank ein paar Bier und erzählte meinen Freunden, dass ich gerade meine Jungfräulichkeit verloren hatte. Wegen dieses Abends bin ich mir immer ziemlich mies vorgekommen. Es war das erste Mal, dass wir beide mit jemandem geschlafen hatten, und das erste Mal, dass sie schwanger wurde.

Irgendwie hatte ich mich darauf eingelassen, Heiligabend mit Sam zu verbringen, vor allem, um meine Mutter nicht treffen zu müssen. Wir saßen in Wolf's Diner in der Nähe von St. Patrick's Cathedral und warteten auf den Anfang der Mitternachtsmette. Ich trug eine alte braune Cordjacke mit rotem Flanellfutter, eine abgewrackte, grüne Wollhose und einen schwarzen Kaschmir-Pullover, der Samantha gehörte. Sam hatte sich richtig aufgebrezelt mit einem schimmernden Kleid, das wie angegossen saß, und streng nach hinten frisiertem Haar. In meiner rechten Hand waren immer noch ein paar Fäden. Ich hatte den Termin zum Fädenziehen verpasst und zog sie mir nach und nach selbst. In letzter Zeit war ich schlechterdings unfähig, irgend jemandem ins Gesicht zu sehen, und rannte ungefähr hundert Mal täglich aufs Klo. Die kurzen Augenblicke, in denen ich zusah, wie Samanthas Brüste hin und her wogten, während sie sprach, waren mein einziger Trost.

»Ich bin vor ein paar Tagen bei einer Wahrsagerin gewesen«, sagte sie. »Bei der alten Zigeunerin auf der 128. Straße. Und weißt du, was sie mich als Erstes gefragt hat?« Samantha sprach einen Tick zu laut, selbst wenn sie sich bemühte, ernst zu sein. Ich reagierte nicht auf ihre Frage. Ich fummelte an meinen Zähnen herum. Sie taten weh. Irgendwie ging mein Mund nicht mehr richtig zu.

»Sobald ich Platz genommen hatte, fragte sie mich, was mit meinen Kindern geschehen sei.« In Samanthas Augen standen Tränen. Ich wollte nicht, dass sie weinte. Sie weinte dauernd, aber es ging mir noch immer auf den Keks. Ich war emotional derart zerrüttet, dass ich mich keinerlei Gefühlsausbrüchen gewachsen fühlte.

»Ich hab ihr gesagt, dass ich keine Kinder hätte«, fuhr sie fort, »und die Zigeunerin meinte: ›Nein, natürlich nicht, sie sind tot.‹« Samantha machte eine Pause, Tränen sammelten sich in ihren Wimpern.

»Ich hab ihr von den Abtreibungen erzählt, und sie sagte, sie könnte die Seelen unserer beiden Kinder um mich schweben sehen. Es war richtig gruselig«, sagte sie. Zwei Tränen tropften aus einem Auge. Sie wischte sie rasch weg. Es war erstaunlich, wie riesig Samanthas Tränen waren, jede von ihnen ein runder, perfekt modellierter Tropfen wie direkt aus einem 40er-Jahre-Film.

»Ich meine, ohne Scheiß, kannst du dir das vorstellen?«, sagte sie. Sam strengte sich sehr an, nicht zu rührselig zu werden. »Ich bin bloß zu ihr gegangen, um zu erfahren, ob es sich lohnt, mich weiter mit dir abzugeben. Oder ob ich meine Prüfungen mit eins bestehe oder solchen Mist, verstehst du? Und sie erzählt mir, dass ich zwei tote Kinder habe, die mir überallhin folgen.«

Ich sagte nichts. Ich wusste, dass ich etwas sagen sollte, aber mir fiel, verdammt noch mal, einfach nichts ein. Das war das letzte Gespräch, das ich führen wollte. Ich sah mich in dem Diner um. Überall saßen für das Weihnachtsfest herausgeputzte Familien.

»Als du mir das Herz gebrochen hast, war ich lange Zeit traurig«, sagte Samantha und tupfte sich die Augen mit einer Papierserviette ab.

»Das tut mir leid«, sagte ich.

»Gut«, erwiderte sie lächelnd.

Wir saßen schweigend da. Der Laden war ziemlich laut. Die Kellner rannten hin und her und servierten große, schwer beladene Teller mit Truthahn und Kartoffelbrei. Wir tranken nur Kaffee. In letzter Zeit hatte ich sämtliche Mahlzeiten in einem Fast-Food-Schuppen namens Burritoville an der 1st Avenue eingenommen. Ich fing wieder an, an meinen Zähnen herumzufummeln.

»Ich wünschte, du würdest etwas sagen«, meinte Samantha.

Ich zuckte die Schultern.

»Ich meine, findest du es nicht seltsam, was die alte Frau zu mir gesagt hat?«

»Ja«, sagte ich und nickte langsam. Ich streute ein wenig Salz auf den Tisch und versuchte, den Salzstreuer auf meiner Hand zu balancieren. Samantha beobachtete mich.

»Muss das sein«, sagte sie.

Ich stellte den Salzstreuer weg und blies das Salz vom Tisch. Das meiste landete aus Versehen in ihrem Schoß.

»William?«, fragte Samantha lächelnd. »Du liebst mich eigentlich gar nicht, oder?« Ihr Mascara war um die Augen verschmiert. Es sah sehr dramatisch aus.

»Ich weiß nicht«, sagte ich.

»Ich bin ziemlich verdreht, weißt du? Ich bin eigentlich eine Feministin oder so. Ich meine, wirklich. Ich will mein eigener Mensch sein und mein eigenes Leben haben. Ich geh aufs College und den ganzen Mist, aber dann sehe ich dich und möchte mich um dich kümmern. Ich würde zu Hause bleiben und für dich Fußböden schrubben, weißt du? Solchen Quatsch. Ich meine, wenn du wirklich ein Baby wolltest, ich wär dabei. Ich meine, ich hätte gern ein Kind von dir.«

Ich schwieg. Ich wusste nicht, warum sie das tat. Sie

starrte mich wütend an und wartete auf eine Antwort, bevor sie sich abwandte. Ich wusste, dass sie gleich feindselig werden würde.

»Du bist der egoistischste Mensch, den ich je getroffen habe«, sagte sie.

Ich nickte langsam.

»Wenn Sarah dich morgen anrufen würde, würdest du wieder mit ihr zusammen sein wollen?« Sie wartete darauf, dass ich etwas sagte. Ich wünschte, sie hätte Sarahs Namen nicht laut ausgesprochen.

»Sie wird nicht anrufen.« Ich blickte auf und warf ihr ein falsches Lächeln zu. Ich wollte nett sein, wirklich. Ich vermisste Sarah, so wie ein Amputierter sein Bein vermisst. Ich wollte mit ihr reden. Ich wollte Weihnachten mit ihr und ihrer Mutter verbringen. Ich fragte mich, ob sie heute Abend auch zur Kirche gingen. Ich fragte mich, ob St. Patrick's Cathedral nur im Entferntesten so war wie Notre-Dame.

War sie nicht. Es war sehr schön, in St. Patrick's Cathedral gab es jede Menge Glasfenster und Statuen der Apostel und solchen Mist, aber die Kirche hatte keine Würde. Vom Portal führten zwei Reihen dicker Steinsäulen zum Altar, und auf jeder Säule stand ein Fernseher, auf dessen Bildschirm ein lebensgroßes Modell der weihnachtlichen Geburtsszene flimmerte. Als wir die Kirche betraten, sahen wir nur Reihen über Reihen von kleinen Fernsehern, die alle dasselbe Märchenbild zeigten. Es war wie ein christliches Spiegelkabinett, Christi Geburt als Game-Show.

Ich hielt Samanthas Hand, konzentrierte meinen Blick

auf ihre Lippen und ließ mich von ihr durch die Menschenmassen führen, die alle nach einem Sitzplatz suchten.

Wir fanden einen Platz, zogen unsere Mäntel aus und setzten uns. Seit wir das Diner verlassen hatten, hatten wir kein Wort mehr miteinander geredet. Draußen war es zu kalt zum Reden. In der Kirche schwatzten alle munter vor sich hin. Ich sah Sam an, und sie brach in Tränen aus. Ihre Schultern zuckten heftig. Ich zog sie an mich und küsste die Tränen von ihrem Gesicht. Dann fingen wir an, ganz unverhohlen rumzumachen. Samantha trug ein weißes Satinkleid mit cremefarbener Spitze. Sie sah hinreißend aus. Das Mascara floss aus ihren Augenwinkeln, und sie sah aus wie ein kleines Mädchen, das mit dem Make-up seiner Mutter herumexperimentiert hatte. Ich war auf einmal ganz verrückt nach ihr. Ich schob meine Hand unter ihr Kleid. Kirchen machen mich immer geil.

»Hör auf«, flüsterte sie und gab mir einen sanften Kuss auf die Wange. Ihr Gesicht war triefnass. Sie war wirklich absolut umwerfend. Sie öffnete ihre Handtasche und zückte einen Stapel alter Papierservietten, mit denen sie ihre Schminke erst von meinem, dann von ihrem Gesicht wischte.

»Lass uns hier abhauen«, sagte ich.

Samantha reagierte nicht. Sie hielt einen kleinen Spiegel hoch und brachte ihr Make-up in Ordnung.

Der Gottesdienst hatte noch nicht mal angefangen, und ich machte mir schon Sorgen, dass ich ihn nicht durchstehen würde. Ich wünschte, ich wäre in dem Diner noch mal aufs Klo gegangen.

Samantha nickte den Umsitzenden höflich zu. Ich fand

keine bequeme Stellung auf der Kirchenbank. Meine Brieftasche drückte gegen meinen Hintern.

Dann läuteten von überall die Glocken los, und die Gemeinde verstummte augenblicklich.

»Der Herr sei mit euch«, verkündete jemand.

»Und mit deinem Geist«, gab die Kirche als Echo zurück.

Es war grauenhaft. Ich war nervös wie eine Katze. Wir mussten dauernd aufstehen und uns wieder setzen. Ich hatte gehofft, vielleicht endlich ein wenig schlafen zu können, aber daran war bei diesem ganzen Geturne überhaupt nicht zu denken.

Als es ans Singen ging, hielt Samantha mir ein Gesangbuch hin. Ich würde ganz bestimmt nicht singen. Ich ließ meine linke Hand baumeln, sodass sie zufällig ihren Hintern streifte. Ich wäre am liebsten gleich hier in der Kirche zur Sache gekommen. Ich spürte hundert bohrende Blicke in meinem Rücken. Wenn ich schon nicht abhauen konnte, wollte ich sie wenigstens beleidigen. Ich fragte mich, was sie machen würden, wenn ich ihnen gleich hier vor die Füße pisste.

Der Priester stieg auf die Kanzel und fing an zu predigen. Sein hässliches, faltiges Gesicht erschien auf allen zehntausend Bildschirmen. Es war unmöglich, seinem wichtigtuerischen Blick auszuweichen. Ich starrte auf Samanthas Knie. Ich konnte ihn nicht ansehen. Ich konnte überhaupt keinen Mann ansehen.

Das beste an Samantha war die Tatsache, dass sie aus keinem Blickwinkel aussah wie ein Mann.

Ich hatte panische Angst vor Männern.

»Fürchtet euch nicht, unschuldig zu sein«, waren die ersten Worte des Priesters. Seine Stimme dröhnte über die Lautsprecheranlage.

Ich finde, Kirchen sollten keine Lautsprecheranlagen haben.

Samantha begann mit dem Finger behutsam verschiedene Muster auf meinen Oberschenkel zu zeichnen. Ich versuchte sie zu küssen, doch es waren zu viele Leute da; sogar Sam wurde schüchtern. Ich war scharf auf sie. Die Bank schwankte leicht im Rhythmus der Stimme des Priesters. Samantha machte den obersten Knopf meiner Hose auf und kitzelte meinen Bauch. Ich machte rasch noch ein paar mehr Knöpfe auf. Sie kuschelte sich an mich und schob ihre Hand in meine Hose. Ich legte meinen Arm um sie und küsste sie aufs Ohr. Sie kicherte.

Am Ende unserer Reihe saß ein komplett mit New-York-Giants-Fanartikeln bekleideter Mann in einem Rollstuhl. Er sabberte und konnte seine Arme nicht kontrollieren, aber er war ekstatisch. Aus irgendeinem Grund machten ihn die Worte und die Musik oder auch die vielen Menschen glücklich. Ich dachte, dass besser er die Predigt gehalten hätte.

Der Priester redete von Brüderlichkeit und einem Ahornbaum. Ich begriff den genauen Sinn nicht, doch irgendwie waren alle Menschen auf der Welt wie die Blätter eines Ahornbaumes, jedes einzigartig und doch stets unbestreitbar ein Ahornblatt. Mein Vater hatte früher immer den *Maple Leaf Rag* auf dem Klavier gespielt. Das hätte ich lieber gehört.

Aber der Priester gab bloß weiter Worte von sich wie

»Sünde«, »Ungehorsam«, »Hass«, »Ignoranz«, »Lügen«, »Täuschung«, »Bosheit« und »Eifersucht«. Ich versuchte, nicht zuzuhören und mich nur darauf zu konzentrieren, wie gut sich Samanthas Hand in meiner Hose anfühlte.

»Fürchtet euch nicht, Mitgefühl zu zeigen«, war das Schlusswort des Priesters. Die Gemeinde murmelte zustimmend, aber ich wäre in echte Bedrängnis geraten, hätte ich erklären sollen, was das alles mit Weihnacht zu tun hatte. Es ärgerte mich bloß, dass wir schon wieder singen mussten.

Sam zog ihre Hand zurück, nahm das Gesangbuch und gab mir ein Zeichen aufzustehen. Samantha kapierte gar nichts. Ich konnte nicht aufstehen, ich hatte einen Steifen.

Bevor ich begriff, was los war, wandten sich alle Kirchenbesucher spontan ihren Nachbarn zu, sagten »Frieden« und schüttelten einander beglückt die Hände. Mir kam es vor wie ein Wald, der in Flammen aufgeht. Ich machte schnell meine Hose zu, schnappte Samanthas Hand und zerrte sie aus der Bankreihe.

»Was ist los?«, fragte sie.

»Lass uns bloß hier abhauen«, sagte ich. »Ich glaube, ich sterbe.«

Ich bahnte uns einen Weg durch die Menge. Am Ende unserer Reihe stand ich auf einmal dem Mann in dem Rollstuhl gegenüber. Er streckte die Hand aus und packte meinen Arm mit eisenhartem Griff. Er lächelte breit und verdrehte ein Auge. Ich sah zu ihm runter.

»Frieden«, sagte er.

Draußen fielen die ersten vereinzelten Schneeflocken. Die kalte Luft brannte im Gesicht und in den Augen. Als Sam durch das schwere Portal aus der Kirche trat, war sie stinksauer. Sie blieb auf dem obersten Absatz stehen, legte den Kopf zur Seite und sah mich an. Ihr Gesicht und ihre Arme wurden in der Eiseskälte fleckig und rot. In einer Hand hielt sie ihre Handtasche, die träge herunterbaumelte, in der anderen ihren Mantel. Ich wünschte, sie würde ihn anziehen.

Ich stand einige Stufen unter ihr.

»Eins musst du verstehen«, sagte ich. »Ungefähr dreieinhalb Minuten habe ich an so was wie Schicksal geglaubt und daran, dass ich eins hätte.« Meine Stimme klang rau und brüchig wie die eines alten Mannes, und meine geballten Hände froren zu festen Fäusten.

»Weißt du was, William?«, fragte sie. Sie zitterte. »Ich habe so viel Zeit damit verplempert zu glauben, dass du insgeheim ein guter Mensch bist, aber das bist du nicht.« Sie wandte den Blick gen Himmel und zog ihren Mantel über.

»Ich hoffe, dir ist klar, dass ich heute Abend nicht mit dir schlafen werde«, sagte sie und schlug den Mantelkragen hoch. Sie machte einen Schritt Richtung Straße, rutschte jedoch mit ihren hochhackigen Schuhen auf dem Eis aus.

Ich bot ihr meinen Arm an. Sie akzeptierte, und wir stiegen die Stufen von St. Patrick's hinunter. Ein paar Nachzügler stürzten in der Hoffnung, noch die letzten Minuten der Mette mitzukriegen, an uns vorbei.

Wir gingen die 6th Avenue hinauf und kamen an ein paar Nutten vorbei. Ich konnte nicht glauben, dass am Heiligen Abend Nutten auf der Straße standen.

Schließlich wurde es zu kalt, und wir winkten ein Taxi heran. Samantha stieg ein.

»Kommst du mit?«, fragte sie.

Wir betraten ihre Wohnung, und Sam zog sich ein Nachthemd an und ging ins Bett. Ich wusste nicht, wie Frauen immer auf so Sachen kamen, wie sich Nachthemden anzuziehen. Ich sah fern. Ich finde, Weihnachten sollte kein Fernsehprogramm gesendet werden. Ich switchte durch die Programme. Samantha hatte Kabel. Typisch. Sarah hatte nicht mal einen Fernseher.

In Texas hatte ich meinen Vater, wenn ich wusste, dass der Heiligabendgottesdienst zu Ende war, immer gefragt: »Wie lange noch, Dad?«

»Gerade fertig«, sagte er dann. »Du warst großartig. Die ganze Zeit leise.«

Ich dachte, dass ich ihn vielleicht anrufen und ihm frohe Weihnachten wünschen sollte. Statt dessen zog ich mein Hemd aus und legte mich in Samanthas Bett. Ich wusste nicht, ob sie schlief oder nicht. Ihre Heizung zischte und bollerte.

Schließlich machte ich die Augen zu und fiel in tiefen Schlaf.

Ich wachte schluchzend auf. Die Sonne war wieder aufgegangen. Vor dem Fenster rieselte leise der Schnee. Die Luft im Zimmer roch alt und abgestanden.

»Was ist passiert?«, fragte Samantha.

»Ich hatte einen beschissenen Albtraum«, sagte ich.

Ich lag an ihrer Brust und hatte die seltsamsten Krämpfe.

Wir gingen zusammen zur Amsterdam Avenue, und Samantha hielt ein Taxi an. Ich wusste nicht, wohin sie wollte. Die Straßen waren vereist, der Verkehr floss nur langsam. Bevor sie einstieg, sagte sie: »Ruf mich nicht an.«

Sie schlug die Taxitür zu, kurbelte das Fenster herunter und sah mich an.

»Frohe Weihnachten«, sagte sie, ohne zu lächeln.

Ich dachte, dass es an der Zeit war, nach Hause zu gehen.

Neunzehn

Ich liebte Züge. Ich liebte alles, was sich bewegt. Ich setzte mich auf die neonblauen Plastiksitze des Express nach New Jersey und ließ mich forttragen. Meine Augen brannten wegen des grellen Lichts draußen und meiner ausgetrockneten Kontaktlinsen. Die Wiesen waren mit Eis überzuckert. Ich sah, wie der Wind über das Land fegte, den Schnee zu kleinen Steppenläufern aufwirbelte und in verworrenen Mustern aus konzentrischen Kreisen himmelwärts wehte. Alles, was ich wollte, war ein wenig Ruhe.

Von Samantha war ich direkt zur Penn Station gegangen. Dort herrschte das blanke Chaos. Hunderte von Familien mit Einkaufstüten voller Geschenke warteten auf ihren Zug. Der Boden war eine einzige riesige Pfütze aus geschmolzenem Schnee. Ich rief meine Mutter von einer Telefonzelle aus an. Weihnachtsmusik plätscherte aus den Lautsprechern an der Decke. Wahrscheinlich sollte sie die Massen einlullen. Mich machte sie wahnsinnig.

Meine Mutter war angemessen begeistert, dass ich nach Hause kam. Sie warnte mich, dass Harris und seine Familie da waren, und fragte mich, was ich anhatte. Ich sah an meiner schmuddeligen Cordjacke und der grünen Hose hinunter, in der ich geschlafen hatte. Ich erklärte ihr, ich würde einen Armani-Anzug tragen. Sie bat mich, mir wenigstens die Haare zu kämmen.

Im Zug saß ein Schwarzer neben mir, der, versunken in seine riesige blaue Daunenjacke, Walkman hörte. Er war ungefähr so alt wie ich. Ich konnte die laute treibende Musik hören, die in seinen Ohren dröhnte. Wir beide waren die einzigen ohne Gepäck. Die ganze eineinviertelstündige Fahrt nach Trenton sprachen wir kein Wort miteinander.

Ich dachte an das erste Weihnachtsfest nach der Trennung meiner Eltern. Ich war drei und meine Mutter zwanzig. Lange vor Sonnenaufgang weckte sie mich. Ich war ganz aufgeregt, weil ich dachte, dass es Zeit für die Geschenke wäre. Sie sagte, ich sollte mir meine Schuhe und meine Jacke anziehen, die Hose könnte ich mir sparen. Die Pyjamahose wäre okay.

Ich hörte, wie draußen der riesige Pontiac meiner Mutter warmlief.

»Wo fahren wir hin?«, fragte ich sie. Sie gab mir keine Antwort.

Während der Fahrt redete meine Mutter mit sich selbst. Sie wiederholte immer wieder den Namen meines Vaters, als ob er mit uns im Wagen sitzen würde. Ich sagte nichts. Wir fuhren mindestens zweimal um Fort Worth herum. Es war Weihnachtsmorgen und kaum Verkehr. Als wir nach Hause kamen, stand mein Vater in einer blauen Jeansjacke in der Auffahrt. Meine Mutter sagte, ich sollte im Wagen bleiben.

»Du hast gesagt, dass du nicht kommen würdest«, hörte ich sie sagen, als sie die Wagentür zuschlug. Mein Vater flippte aus und rannte schreiend auf der Kiesauffahrt auf und ab. Sein Gesicht war dunkelrot, und er ruderte mit den Armen. Meine Mutter sprach leise und ruhig. Schließlich brüllte er irgendwas, schmiss sich wieder in ein silbernes Auto und fuhr sofort weg. Ich wusste nicht, wem der Wagen gehörte.

Als meine Mutter und ich wieder ins Haus gingen, lagen drei in Goldpapier eingewickelte Geschenke auf dem Küchentisch, auf denen stand »Für William vom Weihnachtsmann«.

Die Adresse meiner Mutter war Hunter's Glenn Court, Building C, Apartment 3. Die Wohnung war mit dem obligatorischen Festtagsschmuck dekoriert. Es gab einen Weihnachtsbaum mit Lametta und wahllos verteilten roten Kugeln. Auf der Spitze thronte ein Engel aus Glas. Er war das Einzige, was mir bekannt vorkam. Die Wohnung selbst war hypermodern. In der Küche gab es eine Arbeitsplatte aus künstlichem Marmor, eine in die Wand eingelassene Mikrowelle und einen Kühlschrank aus Edelstahl. Das Wohnzimmer war geräumig mit Glasschiebetüren an einer Wand und einem Blick auf zehntausend identische Wohnhäuser. Es gab zwei Schlafzimmer. Ich war schon ein paarmal hier gewesen, nachdem meine Mutter eingezogen war, aber ich hatte nie hier gewohnt.

Harris war ein ziemlicher Wichser. So viel war von Anfang an klar. Alles an ihm war wichtigtuerisch: die Art, wie er, eine Hand auf dem Bauch, die Finger ein paar Zentimeter weit in der Hose, auf der Couch saß; die Art, wie er das Eis in seinem Scotch klimpern ließ; die Art, wie er darauf wartete, dass meine Mutter ihn fütterte. Er hatte weiße Haare und trug einen braunen Pullover. Alles in allem wirkte er viel zu alt für meine Mutter.

Er guckte ein Football-Spiel.

»Hey, William«, sagte er und stand auf. »Schön, dass ich dich endlich kennenlerne. Deine Mom hat mir erzählt, dass du ein Prachtkerl bist.«

Wir gaben uns die Hand. Natürlich war sein Händedruck fest und kräftig. Seine Hände waren so sauber wie die eines Chirurgen. Ich spürte seine Falten.

»Wer spielt?«, fragte ich. Es war mir scheißegal. Ich dachte daran, ihm zu sagen, er solle aus meinem Haus verschwinden, aber es war nicht meins. Er hatte Bilder an der Wand hängen, Bilder von Menschen, die ich nicht kannte. Auf dem Fußboden lag ein Zebrafell. Das konnte nur ihm gehören.

»Ich wusste gar nicht, dass ihr zusammenwohnt«, sagte ich.

Meine Mutter warf mir einen Blick zu. Sie trug eine Schürze. Ich konnte es nicht glauben. Ich wusste nicht, was für ein Spiel sie spielte. Ich hatte sie in meinem ganzen Leben noch nie in einer Schürze gesehen.

»Harris ist vor zwei Wochen eingezogen«, sagte sie. »Das hab ich dir doch erzählt.«

Sie stellte mich Harris' Eltern vor. Sie waren geradezu grotesk alt. Ich wollte wieder gehen. Ich fragte mich, wann ich es endlich schaffen würde stillzustehen.

»Haben wir Chips und Salsa?«, fragte ich meine Mutter.

»Verdirb dir nicht den Appetit«, sagte sie.

Ich fand die Chips und nahm sie trotzdem. Ich stellte sie auf den Tisch und suchte im Kühlschrank nach Salsa. Meine Mutter nahm die Chips und die Salsa wieder weg.

»Ich koche ein leckeres Abendessen«, sagte sie. »Komm schon, es macht keinen Spaß, wenn alle keinen Hunger mehr haben.« Ich konnte einfach nicht glauben, was für eine Maskerade sich um mich herum abspielte. Ich hoffte, alle waren beeindruckt.

Meine Mutter nötigte mich, mir mit Harris und seinen Eltern das Football-Spiel anzusehen. Wir lächelten uns alle höflich an. Harris wies uns auf seine Lieblingsspots hin, wenn sie über den Bildschirm flimmerten.

Einer von ihnen war eine Miller-Lite-Reklame mit circa fünfzehn strahlenden Mäuschen in G-Strings.

»Guck dir das an, William. Kannst du das glauben?«, sagte er.

Ich nickte. Er beugte sich zu mir rüber, sodass seine Mutter ihn nicht hören konnte.

»Denk immer dran, William: Zu jeder kleinen süßen Biene da draußen gibt es einen Typen, der keinen Bock mehr hat, sie zu bumsen.«

Ich nickte. Mein Herz pochte. Ich hatte Angst, dass meine Gedanken laut zu hören waren.

»Tut mir leid, dass meine Freundin Sarah nicht hier sein kann. Sie wäre wirklich gern mitgekommen«, sagte ich. Mir war nach lügen zumute.

»Wir haben niemanden erwartet, also ist es schon einfach schön, dich bei uns zu haben«, sagte Harris.

Ich entschuldigte mich und ging ins Bad.

Als wir zum Essen Platz nahmen, war ich ungefähr achtzehn Mal auf dem Topf gewesen. Nicht, dass ich unmäßig getrunken hätte. Ich hatte bloß ständig das Gefühl, mir in die Hose zu machen.

Meine Mutter zwitscherte manisch vor sich hin, als sie das Essen verteilte, verzweifelt bemüht, keinen Moment des Schweigens aufkommen zu lassen. Harris' Vater war so still, dass ich überzeugt war, er müsse taub sein. Seine Mutter war offensichtlich eine Trinkerin. Sie lallte und wiederholte sich ständig, während sie auf meine Mutter einredete und langsam und lustlos in ihrem Essen herumstocherte. Harris schob immer wieder seinen Stuhl zurück und stand auf, um nach dem Stand des Football-Spiels zu sehen.

»William ist gerade einundzwanzig geworden«, verkündete meine Mutter.

»Als Harris einundzwanzig war, war er ein richtiger Schürzenjäger«, sagte seine Mutter. »Er war jeden Abend aus und hatte mehr junge Damen als Finger an beiden Händen.«

Harris zwinkerte mir zu.

»Ich wäre gern noch mal einundzwanzig. Genießt du es?«, fragte er.

»Es ist fantastisch«, sagte ich.

»Ich glaube, es ist ein wichtiges Lebensjahr«, sagte meine Mutter. »Und nicht nur, weil man dann Alkohol trinken darf und so.«

»Irgendwie hab ich das Gefühl, als ob William an seinem Geburtstag nicht zum ersten Mal einen gehoben hat«, meinte Harris.

»Nein, das glaube ich auch nicht«, sagte meine Mutter

lächelnd, »aber ich glaube, dass das Leben in Sieben-Jahres-Zyklen verläuft. Vierzehn: die Pubertät; einundzwanzig: Volljährigkeit; achtundzwanzig: der Ernst des Lebens; fünfunddreißig: das mittlere Alter. Ich habe immer den Eindruck, dass sich alle großen Veränderungen in meinem Leben im Abstand von sieben Jahren ereignet haben.« Sie machte eine lange Pause. »Mir fällt jetzt gerade kein Beispiel ein, aber ich bin sicher, dass es so ist.«

»Ich glaube, das Leben geht in Elferschritten«, sagte Harris' Mutter. »Jesus ist mit dreiunddreißig gestorben, weißt du.«

»Das stimmt wirklich, oder?«, fragte meine Mutter.

»Ja«, antwortete die alte Frau. Dabei nickte sie so heftig, dass ich befürchtete, sie würde vom Stuhl fallen.

»Ich frag mich, wie das Spiel steht«, sagte Harris und stand auf.

»Warum holen wir den Fernseher nicht einfach rüber und stellen den Ton leiser?«, schlug meine Mutter vor.

»Du hasst Fernsehen, Mom«, sagte ich.

»Ich weiß, aber Harris ist nicht glücklich, wenn er nicht jederzeit weiß, wie es steht.« Sie sagte das, als ob das die charmanteste Charaktereigenschaft wäre, über die ein Mensch überhaupt verfügen könnte.

»Harris war schon immer ein richtiger Sportfanatiker«, sagte meine Mutter.

»Das ist mir scheißegal«, sagte ich. Es rutschte einfach so raus, bevor mir klar wurde, wie es sich anhören musste. Meine Mutter sah mich an. Sie war nicht wütend; sie sah mich nur zum ersten Mal an diesem Nachmittag wirklich an. Ich hatte sie auffliegen lassen.

Meine Mutter dirigierte weiterhin das Tischgespräch. Ich entschuldigte mich, um erneut zur Toilette zu gehen. Ich dachte daran, nackt wieder rauszukommen.

Ich liebte meine Mutter. Irgendwie wollte ich sogar wirklich mit ihr reden. Weihnachten deprimierte sie genauso wie mich. Harris sollte nicht in der Küche stehen und den Truthahn aufschneiden dürfen, als wäre er Elvis Presley. Ich wusste, dass er schmierige Gedanken über meine Mutter hatte. Die ganze Situation widerte mich an, und das hatte sie schon immer getan. Wir waren wie ein Werbespot von uns selbst. Das Essen war wie eine Reklame für Weihnachten. Ich fand, wir sollten alle in Bikinis essen. Ich vermisste meinen Vater, aber das schien mir lächerlich. Ich versuchte, einfach nur Sarah zu vermissen; das war leichter, als sich dem ganzen anderen Mist zu stellen, der in meinem Kopf herumschwirrte.

Als ich aus dem Bad kam, fiel mir auf, dass ich gar nicht gepinkelt hatte. Bevor ich mich wieder zu den anderen gesellen konnte, tauchte meine Mutter plötzlich neben mir auf.

»Alles in Ordnung?«, fragte sie.

»Ich möchte meinen Dad anrufen«, sagte ich. »Hast du seine Nummer?«

»Ich hol sie«, sagte sie. »Willst du ihn gleich jetzt anrufen?«

»Ja, ich glaube schon.«

»In Ordnung.« Sie ging die Nummer suchen. Ich war überrascht, dass sie nicht wütend war. Ich wusste, dass ich mich benahm wie ein Achtjähriger.

»An sich bin ich für so was schon ein bisschen alt, was?«, sagte ich und folgte ihr.

Sie ließ mich mit der Nummer in ihrem Schlafzimmer allein. Ich wusste nicht, was ich ihm sagen wollte. Ich fragte mich, ob ich am Ende doch wahnsinnig wurde. Meine Mutter war mal mit einem Typ zusammen, der dann später in eine psychiatrische Anstalt kam. Sie lebte mit ihm zusammen, als ich meinen Abschluss an der Highschool machte. Er war cool. Am Tag der Abschlussfeier war ich total deprimiert, weil ich fand, dass ich ein Familienerbstück geschenkt bekommen sollte – aber wir hatten keins. Also ging dieser Typ mit mir um den Block und schenkte mir seine älteste Jeans.

»Ich weiß, es ist kein Familienerbstück«, sagte er. »Aber die Jeans ist wirklich alt. Sie stammt, glaube ich, aus den Fünfzigern. Ich hab sie schon ewig.«

»Danke«, sagte ich mit der Jeans in der Hand.

»Und das ist der einzige Rat, den ich dir geben kann.« Wir standen in einer Allee vor unserem alten Haus. Es gibt wirklich ein paar schöne Ecken in New Jersey. »Dein ganzes Leben lang werden die Menschen dich auffordern, schwach zu sein – sie werden dich förmlich anflehen –, aber das Einzige, was alle, egal, was sie reden, wirklich von dir wollen, ist, dass du stark bist. Denk immer daran.«

Ich mochte den Mann. Ich wünschte, meine Mutter wäre noch mit ihm zusammen. Natürlich landete er in einer Nervenklinik, und ich habe keine Ahnung, was mit seiner Jeans passiert ist.

Das Zimmer meiner Mutter war mit Erinnerungsstücken angefüllt. Sachen, die ich noch von früher kannte. Auf dem Bett lag eine alte Decke, die ihre Oma bestickt hatte. Es gab auch Bilder von ihrem Vater im Zweiten

Weltkrieg. Bis jetzt war noch nichts von Harris' Mist hier drinnen. Ich fragte mich, ob er im Nachtschränkchen Kondome aufbewahrte. Bei dem Gedanken wurde mir übel. Mir war schwindelig; es war, als ob mein Körper voller Helium wäre und weggeweht werden könnte. Ich dachte, ich würde durch die Wände Bäume sehen. Ich dachte, die Tinte auf dem Zettel mit der Vorwahl von Fort Worth würde durch das Papier bluten und auf den Boden tropfen. Ich rief ihn an. Einfach so.

Sie ging ans Telefon, Lindy, meine Stiefmutter.

»Hallo, Lindy, ich bin's, Will. Frohe Weihnachten.«

»Oh«, sagte sie. »Wie geht's dir? Wo bist du?«

»Ich bin in New Jersey.«

»Hey, Vince, William ist am Telefon!«, rief sie. »Hast du schöne Weihnachten?«

»Ja, ganz toll«, sagte ich. Ich war zum ersten Mal seit Wochen nicht nervös. Ich spielte nicht mit dem Telefonkabel herum, rannte im Zimmer auf und ab oder irgendwas. Ich war wie benommen.

»Gut, na, hier ist Vince.«

»Bis dann«, sagte ich.

»Hallo, William«, sagte er. Er hatte einen weichen, sanften Südstaatenakzent. Ich wollte ihm alles erzählen, was mir je passiert war.

»Hallo«, war alles, was ich sagte.

»Was gibt's? Wo bist du?«, fragte er. Er klang gut gelaunt.

»New Jersey«, sagte ich noch einmal.

»Oh«, sagte er. Im Hintergrund war ein unglaublicher Lärm im Gange, seine Kinder, die ihre neuen Spielsachen ausprobierten.

»Frohe Weihnachten«, sagte ich und schaltete die Lampe meiner Mutter aus. Das Licht blendete mich.

»Na, dir auch frohe Weihnachten.«

»Guckst du das Football-Spiel?«, fragte ich, im Dunkeln stehend.

»Nee, du?«

»Nee … aber die Cowboys schlagen sich ziemlich gut dieses Jahr, was?« Ich hatte keine Ahnung, ob das stimmte.

»Bei uns hier ist echt was los«, sagte er.

»Erinnerst du dich noch an den zwölften Superbowl?«, fragte ich ihn. Ich wusste nicht, warum ich davon anfing.

»Ahm … ja … Wer war das noch? Die Cowboys und die Steelers?«

»Nein, die Broncos. Die Cowboys und die Broncos. In dem Jahr haben wir gewonnen.«

»Klar. Das war was.«

»Es war das erste Jahr von Tony Dorsett. Kannst du dich an ihn erinnern?«

»Natürlich«, sagte er. »Er stammt aus Wylie in Texas.«

Selbst im Dunkeln brannten meine Augen. Ich musste meine Kontaktlinsen rausnehmen. Ich hörte, wie mein Vater die Hand auf die Muschel legte und irgend jemandem sagte, er solle bitte leiser sein.

»Und wie geht's dir so?«, fragte er.

»Ich hab mich in ein Mädchen verliebt, aber sie hat mit mir Schluss gemacht«, sagte ich.

»O ja, das ist mir auch schon passiert.«

»Wirklich?«, fragte ich und setzte mich aufs Bett.

»Ja klar. Ich weiß noch, wie ich mich zum ersten Mal getraut habe, ein Mädchen zum Highschool-Ball einzuladen.

Sie sagte, sie könnte nicht kommen, weil sie mit ihrer Familie in Urlaub fahren würde, aber dann tauchte sie doch auf, mit dem alten Bobby Miller.«

»Das muss ziemlich bitter gewesen sein«, sagte ich.

»Ja. Ich habe Jahre gebraucht, den Mumm aufzubringen, ein anderes Mädchen zu fragen.« Er gluckste kurz.

»Also, dieses Mädchen hieß Sarah. Sie hat mir irgendwie das Herz gebrochen, glaube ich.«

»So was kommt vor«, sagte er.

»Hat meine Mom dir das Herz gebrochen?«, fragte ich.

Es entstand eine lange Pause.

»Ach, ich weiß nicht. Das ist lange her«, sagte er.

»Aber du bist drüber weggekommen, was?«

»Ja, ganz bestimmt«, sagte er leise.

»Und wie geht's dir so?«

»Oh, wir haben hier eine Menge Spaß«, sagte er, und seine Stimme wurde wieder lauter. Er war froh, das Thema wechseln zu können. »Immer noch dieselben alten Faxen. David und Hillary sind jetzt schon fast richtige Menschen. Sie sind gewachsen wie Unkraut. Du würdest sie mögen. Lindy hat beide Hände voll zu tun mit Laura Lye und Katie. Sie sind erst zwei und drei.« Er machte eine kurze Pause. »Du kennst keins von den Kindern, oder?«

»Nein«, sagte ich.

»David ist ein großer Footballer.«

»Ist er ein Cowboys-Fan?«, fragte ich.

»Der größte«, sagte mein Vater. Auf einmal hasste ich die Dallas Cowboys.

»Hör mal, Dad, ich muss Schluss machen. Ich wollte dir nur frohe Weihnachten wünschen.« Ich stand wieder auf.

Ich bohrte mir die Finger in die Augen, um die Kontaktlinsen rauszudrücken.

»Also, William, ich bin froh, dass du angerufen hast. Wir wollten dich auch schon lange mal anrufen, und es tut mir leid, dass ich es nicht getan habe.« Er versuchte nett zu sein, und das machte mich krank.

»Ich fänd es schön, wenn wir öfter voneinander hören würden«, fuhr er fort. »Jede Familie hat ihre Macken, und ähm … wir haben unsere, ich weiß. Aber was ich bloß sagen wollte, mein Junge, also, ich fänd es toll, wenn wir öfter miteinander reden könnten. Du bist hier jederzeit willkommen.«

Ich schob die Kontaktlinsen raus und schnippte sie auf den Boden. Ich wollte auflegen.

»Manchmal schleich ich mich spät abends nach unten und seh mir Davids Football-Spiele auf Video an.«

»Du nimmst seine Spiele auf?«, fragte ich.

»Es ist meine Lieblingsbeschäftigung. Kekse essen und mir seine Spiele noch mal ansehen. Und dann passiert es mir, dass ich an all die Sachen denken muss, die wir beide verpasst haben.«

Ich stand still im Dunkel des Schlafzimmers meiner Mutter.

»Ich wollte dir bloß frohe Weihnachten wünschen«, sagte ich. »Das ist alles.«

»Gut. Also, ich hab mich echt gefreut, dass du angerufen hast«, sagte er.

Ich legte behutsam den Hörer auf. Das war das erste Mal seit sieben Jahren, dass wir miteinander gesprochen hatten.

Ich ging nach draußen. Wahrscheinlich machte ich einen betrunkenen Eindruck. Unterwegs stolperte ich dreimal. Ohne meine Kontaktlinsen konnte ich nichts erkennen. Die kalte Luft fühlte sich gut an. Ich konnte wieder atmen. Die Sonne ging unter. Es war kein besonders spektakuläres Licht oder so, nur ein ganz gewöhnlicher Sonnenuntergang. Die Umrisse der kahlen Bäume erhoben sich gegen den blassen Abendhimmel. Es schneite jetzt stärker. Auf dem Boden war der Schnee ein paar Zentimeter hoch liegen geblieben. Hinter mir hörte ich die knirschenden Schritte meiner Mutter.

»Wie ist es gelaufen?«, fragte sie. Sie hatte auch keine Jacke an und die Arme eng um ihren Körper geschlungen.

»Ganz gut«, sagte ich.

Wir standen schweigend nebeneinander. Sie wartete darauf, dass ich noch etwas sagte. Ich betrachtete die karge Landschaft New Jerseys und die Wohnhäuser um uns herum.

»Ich hab dieses dumme Mädchen so geliebt, Mom«, sagte ich.

Auf dem Kopf meiner Mutter sammelten sich Schneeflocken. Auf meinem Kopf wohl auch.

»Ich hab mich in deinen Vater verliebt, weil er einen komischen Witz erzählt hat«, sagte sie.

»Das klappt nicht immer«, sagte ich. Meine Stimme klang hohl.

»Ich wollte nur sagen, dass alles ziemlich willkürlich ist«, sagte sie und trat verhalten von einem Fuß auf den anderen. »Manchmal kann man nur beschließen, nicht verrückt zu werden, William. Manchmal bleibt uns nichts als unsere Beschlüsse.«

Meine Mutter hatte die Highschool geschmissen. In ihrem vorletzten Jahr war Martin Luther King Jr. erschossen worden, und am Tag danach machte ihr Geschichtslehrer einen dummen Spruch darüber. Sie klappte ihr Buch zu, nahm ihre Tasche, ging nach vorne und sagte: »Wenn ich Sie seh, möchte ich kotzen.« An jenem Tag brach sie die Schule ab, fuhr nach Houston, wo mein Vater aufs College ging, und kehrte nie wieder zurück. Das hat mir immer an ihr gefallen.

Meine Mutter streckte die Hand aus und gab mir einen Umschlag mit einem lavendelfarbenen Band.

»Sieh dir das mal an«, sagte sie zähneklappernd. »Ich habe es vor ein paar Monaten gefunden. Es ist ein Geschenk. Ich geh wieder rein.« Sie schüttelte ihr Haar und trippelte zurück ins Haus.

Ich öffnete den Umschlag. Er enthielt zwei Blätter, vollgeschrieben mit meiner eigenen Schrift. Ich musste sie ganz nah vors Gesicht halten, um sie lesen zu können. Die Schneeflocken rieselten leise auf das Papier.

William Harding, 7 Jahre

Der Cowboy

Der Cowboy reitet
Durch Wüste um Wüste
Auf seinem Pferd
Wird er dreckig
Wie ein Lumpen im Sand
Und er stirbt voller Alter
Und Kugeln

Der Hut

Der Hut hat viele
verschiedene Formen
Eine Beule in der Mitte
Und platt an den Seiten
Ganz anders als seine Jacke

Das Heißeste Land

Fort Worth ist das heißeste Land, das ich kenne
Mein Dad wohnt da
Meine Oma auch
Fast alle Opas und Omas
Bis auf ein paar.
Schön ist es dort
Aber, Junge, Junge, so heiß.

Tarzan küsst ein Mädchen:
Baby, Baby, Baby.

Ich faltete die beiden Blätter und steckte sie in die Tasche. Der Schnee auf meinem Kopf schmolz und lief auf meine Stirn. Aus irgendeinem Grund war mir gar nicht kalt.

Zwanzig

»Also, es ist ungefähr so«, sagte Decker: »Du wachst mitten in der Nacht auf und hast brennenden Durst auf ein Glas Milch. Du stolperst aus dem Bett, stößt dir im Dunkeln die Zehen, schreist vor Schmerz und humpelst zum Kühlschrank. Du machst ihn auf, und das Licht strahlt hell. Du bist gerettet. Dann faltest du den Milchkarton auf, atmest tief ein und setzt ihn an die Lippen. Aber – *irrgh!* – die Milch ist sauer. Du faltest den Karton zu und stellst ihn wieder in den Kühlschrank. Es ist wieder dunkel. Aber auf dem Weg zu deinem leeren, kalten Bett, denkst du dir: Moment mal, vielleicht war die Milch gar nicht so schlecht. Und ob ich noch immer Durst habe? Also machst du kehrt und gehst zurück zum Kühlschrank. Das Licht wärmt dich aufs Neue. Du nimmst einen Schluck, und, bäh, sie ist immer noch sauer. Das ist für mich das perfekte Bild für praktisch alle Beziehungen, die ich je hatte.«

Decker saß auf einem Karton und alberte ununterbrochen rum, während ich meinen Kram zusammenpackte. Ich zog um. Es war Anfang April, und mein Haar hing bis über meine Schultern. Ich hatte mich seit Monaten nicht rasiert und trug einen schütter aussehenden Vollbart.

Am Morgen hatte mich Sarah angerufen. Ich hatte nicht mal ihre Stimme erkannt. Wenn sie einen Tag später angerufen hätte, hätte sie mich nicht mehr erreicht. Sie arbeitete jetzt in einem Vorschulkindergarten in Brooklyn und hatte mich eingeladen, sie in ihrer Mittagspause zu besuchen. Ich nahm an und hatte vor, mich am nächsten Tag dorthin auf den Weg zu machen.

Ich fragte mich, was sie sagen würde. Ich hatte einen heimlichen Tagtraum, dass sie vielleicht schwanger war und dass das der eigentliche Grund für unsere Trennung war. Ich würde in Brooklyn aufkreuzen, und Sarah wäre mit unserem Kind rund wie ein Ballon. Ihre Mutter würde auch da sein, mit knochigem, strengem Finger auf mich zeigen und fragen: »Wann werden Sie anfangen, Verantwortung für dieses Kind zu übernehmen?« Ich würde rufen: »Gleich jetzt!« Und das war's. Ich wusste, dass das Szenario ein bisschen weit hergeholt war, aber es gefiel mir.

Wir packten alles außer der Stereoanlage ein. Wir hörten in voller Lautstärke *Before the Flood* von Bob Dylan and the Band und warfen uns dabei einen Baseball zu.

Decker bereitete sich auf ein sechsmonatiges Autorenstipendium in England vor. Auf die Briten war er nicht sonderlich scharf, doch er freute sich darauf, eine Zeit lang weg zu sein.

»Ich wünschte, ich wäre schüchterner«, sagte Decker und warf mir den Ball zu.

»Warum das?«, fragte ich.

»Ich glaube, dann hätte ich mehr Spaß«, sagte er. »Hab ich dir von meinen neuen Vorsätzen erzählt?«

»Nein.« Ich warf ihm den Ball zurück.

»Ich will versuchen, nie wieder Energie damit zu verschwenden, andere Menschen runterzumachen. Und ich will versuchen, das Leben nicht als Wettkampf zu sehen. Wenn ich das schaffe und es außerdem noch vermeide, in eine Rehaklinik für Alkoholiker eingeliefert zu werden, ist wahrscheinlich alles in Butter.«

»Ich will nur morgen überstehen«, sagte ich. Einen Baseball hin- und herzuwerfen, ist irgendwie sehr beruhigend.

»Worüber machst du dir Sorgen?«, fragte er. »Sarah hat dich angerufen, richtig? Geh einfach ohne Erwartungen hin und hör dir an, was sie zu sagen hat.«

»Was, glaubst du, wird aus uns beiden?«, fragte ich.

»Was meinst du – aus dir und mir?«

Ich nickte.

»Du meinst, ganz allgemein?«, fragte er.

Ich nickte erneut.

»Wahrscheinlich sind wir schon ziemlich bald mit irgendwas beschäftigt, und bevor du es merkst, ist die ganze Fahrt auch schon wieder vorbei.« Er warf mir den Ball zurück.

Schließlich packten wir die Stereoanlage ein und trugen sie nach unten. Ich hatte zwei Nachbarn, mit denen ich in dem Jahr, das ich hier gewohnt hatte, kaum ein Wort gewechselt hatte. Es war ein zerbrechliches altes Pärchen, das ich nur manchmal im Dunkel ihrer Diele hatte herumschleichen sehen. Wir hatten sehr unterschiedliche Tagesrhythmen. Die Frau war die eleganteste alte Dame, die ich je gesehen hatte, mit eisigen, zarten Gesichtszügen und langem, wehendem, weißem Haar. Ich hatte ihr einmal angeboten, ihren Einkauf nach oben zu tragen, aber sie hatte eine Todesangst vor mir.

Als ich meine Wohnung mit diversen Einzelteilen meiner Anlage im Arm verließ, sah ich, wie der alte Mann seinen Kopf aus der Tür steckte. Seine Frau stand direkt hinter ihm und versuchte zu lauschen.

»Guten Tag«, sagte der alte Mann. Er war kaum größer als ein Meter fünfzig. »Ziehen Sie aus?«

»Ja, so ist es«, sagte ich in meinem höflichsten Tonfall.

»Nun, dann viel Glück«, sagte er.

»Vielen Dank.«

»Ich kann nicht behaupten, dass wir Sie vermissen werden«, stellte er schlicht fest. Seine Stimme klang sehr gebildet.

»Ach ja? Warum?«, fragte ich. Hinter mir tauchte Decker mit weiteren Teilen meiner Anlage auf.

»Um es so höflich wie möglich auszudrücken«, sagte er, »Sie machen einen Höllenlärm.«

»Mensch, hätten Sie doch einfach einen Ton gesagt, Sir«, erwiderte ich. Decker fing an zu lachen.

»Das hat meine Frau auch immer gesagt, aber ich halte nichts von Beschwerden«, erklärte er bestimmt und schloss die Tür. Ich dachte an die Ereignisse des vergangenen Jahres zurück, diesmal mit einem Zwischenschnitt auf zwei steinalte, verängstigte Menschen, die über ihre Bettdecken lugten und dem Tornado lauschten, der nebenan wohnte.

Einundzwanzig

Ich nahm den Bus nach Williamsburg. Ich mochte Brooklyn. Es sah so aus, wie ich mir Manhattan in den Fünfzigerjahren vorstellte. Es gibt viele kleine Läden, vor denen Leute stehen und rauchen und trinken und schwatzen. Ich hatte Sarahs Adresse auf einen zerknitterten Zettel geschrieben.

Der Vorschulkindergarten war im Erdgeschoss einer Kirche untergebracht – ein kleines quadratisches Backsteingebäude mit einer Wiese vorm Haus und dem East River dahinter. Die Eingangstüren waren aus Glas und mit Kinderzeichnungen beklebt. Beim Eingang war ein Büro, in dem eine ältere Frau saß, die mir erklärte, Sarah wäre mit den Kindern in den Park gegangen, müsste aber jeden Moment zurück sein.

Ich war extrem erleichtert. Ich hatte das Gefühl, außer Atem zu sein, und war froh über die gewonnene Zeit. An der Wand hing ein Plakat, auf dem die Namen von zwanzig Kindern standen. Daneben waren Reihen von goldenen und silbernen Sternen. Ich wollte auch einen Stern.

Ich wollte fünfzig Sterne. Ich fragte mich, was man tun musste, um einen zu bekommen. Ich steckte den Kopf in den Gruppenraum. Das Licht war aus, aber ich konnte die kleinen Stühle sehen, ordentlich unter die Miniaturtische geschoben. An den Wänden hingen Pappfiguren von Fröschen und Tigern.

Ich beschloss, draußen zu warten, damit ich sie kommen sah und vielleicht eine Zigarette rauchen konnte. Die Idee mit der Zigarette verwarf ich allerdings wieder, weil ich nicht wollte, dass sie unverdorben und ursprünglich mit einer Schar entzückender Kinder den Hügel hinuntergehüpft kam und mich in einer Wolke von Rauch und Schimmel antraf. Ich wünschte, ich hätte etwas Besseres angezogen. Ich wünschte, ich hätte geschlafen. Vor dem Kindergarten stand eine kleine Bank, auf der ich lange saß und gegen meine Nervosität ankämpfte. Ich wollte kein Idiot sein und irgendwas Unrealistisches erwarten.

Das Erste, was ich sah, war ihr Haar. Es war viel länger und hing in langen schwarzen Locken, die fast aussahen wie Zöpfe, über ihre Schultern – bis auf ein paar, die abstanden. Als ich sie sah, musste ich lächeln. Sie trug ein braunes Kleid und eine braune Strumpfhose. Ich konnte sie nicht hören, aber sie schien mit den Kindern zu schimpfen, weil sie aus der Reihe tanzten und mit den Fingern wie wild in alle Richtungen zeigten.

Sie kamen händchenhaltend in Zweierreihen über die Wiese. Es war schwer, Sarah direkt ins Gesicht zu blicken. Ich war mir nicht sicher, ob ich wollte, dass sie mich sah.

Als die ersten Kinder an der Bank vorbeikamen und durch die Glastür gingen, hörte ich einen Jungen sagen: »Ich weiß. Das passiert mir ANDAUERND.« Er konnte nicht älter sein als sechs.

Ich fand das urkomisch. Ich wollte sagen: »*Was,* Kleiner? Was passiert dir ANDAUERND?«

»Oh, hi«, sagte sie, als sie direkt an mir vorbeiging.

Ich saß blinzelnd da.

Sie steckte den Kopf noch einmal aus der Tür.

»Tut mir leid. Komm rein. Ich bin sehr nervös.«

»Ja. Ich auch«, sagte ich und folgte ihr.

Sarah hatte ein Pflaster auf der Nase kleben sowie einige weitere auf den Armen.

»Was ist denn mit dir passiert?«, fragte ich.

»Was meinst du?« Sie bückte sich, um ihre Schuhe zuzubinden.

»Mit deinem Gesicht?«, fragte ich.

»Ach das«, sagte sie, kratzte sich mit dem kleinen Finger am Kopf und strich ihr Haar nach hinten. »Ich hatte vor ein paar Wochen Windpocken.«

Das fand ich witzig.

»Was ist?«, fragte sie.

»Ich weiß nicht. Tut mir leid. Es kam mir nur irgendwie witzig vor.«

»Nun, das ist gar nicht lustig. Es ist schrecklich, und es ist mir sehr peinlich.« Wir standen vor dem Gruppenraum neben dem Plakat mit all den Sternen und fanden es schwer, einander in die Augen zu sehen.

»Ich bin nicht ansteckend«, sagte sie scharf.

»Das ist schon in Ordnung. Ich hatte sie sowieso schon.«

Sie war noch zittriger als ich. Keiner von uns wusste, wohin mit den Händen.

»Komm mit. Ich stell dich der Gruppe vor.« Sie ging in den Gruppenraum. Ich schlich ihr nach. Mit Kindern war der Raum ganz anders; er schien in tausend Farben bemalt zu sein, und alles schien zu springen und zu hüpfen.

»Kinder, das ist William«, verkündete Sarah. »William, das ist meine Gruppe – die bravsten Mittagsschläfer von Brooklyn.« Sie erntete vereinzelte Zustimmung.

»William ist Schauspieler. Er hat schon mal in einem Film mitgespielt.«

Ich wünschte, sie hätte das nicht gesagt. Es hörte sich irgendwie billig an.

»Nein, hat er nicht«, sagte einer der Jungen.

»Sanger, habe ich je gelogen?«, fragte Sarah.

Sanger und ich dachten eine Minute darüber nach.

»Nein«, sagte Sanger.

»Also, dann. William ist Schauspieler, und er hat schon mal in einem Film mitgespielt. Ist das nicht toll?«

Ich dachte noch immer über die Frage mit dem Lügen nach. Vielleicht würde ich Sanger später beiseitenehmen und ihm erklären, dass sie nicht direkt lügt, er aber auch nicht verrückt war; ganz vertrauenswürdig war sie nicht.

Sanger kam auf mich zu. Er war ein braunhaariger Junge mit einem New-York-Jets-T-Shirt.

»Hast du wirklich in einem Film mitgespielt?«, fragte er mich argwöhnisch.

»Ja, hab ich.«

»Mein Dad ist Mechaniker. Er repariert Autos«, sagte Sanger herausfordernd.

»Das ist cool«, sagte ich.

»Wir haben eine Corvette.«

»Ohne Quatsch?«, fragte ich.

»Ich werd später mal Football-Spieler«, sagte er in einem Tonfall, der mich zum Widerspruch herausforderte.

»Das will ich auch mal werden«, sagte ich.

Sarah war auf der anderen Seite des Raumes und nestelte an einem Mädchen herum.

»Elizabeth, was hast du denn mit deinem Kleid gemacht?«, fragte sie, als sie das Kleid des kleinen Mädchens aus seiner Unterhose zog.

Ich ging zu Sarah rüber und blieb neben ihr stehen. Ich wusste nicht, was ich mit mir anfangen sollte.

»Bald legen sie sich zum Mittagsschlaf hin, dann können wir reden, okay?« Sarah kniete auf dem Boden, und das kleine Mädchen kletterte auf ihren Kopf.

Ich trat einen Schritt zurück, klopfte meine Taschen ab, um sicherzugehen, dass ich meine Zigarette noch hatte, und sah mir die Kinder an. Sie rasteten völlig aus. Ich konnte mir nicht vorstellen, dass sie bald schlafen würden.

»Jetzt ist es Zeit zu malen. Hast du Lust zu malen?« Sie sah hoffnungsvoll zu mir hoch.

»Klar«, sagte ich. Das Ganze entwickelte sich zu einem äußerst seltsamen Nachmittag. Sarah sorgte dafür, dass sich alle Kinder um die vier Minitische setzten, und teilte jedem Tisch eine Farbe zu.

Sarah dirigierte den Raum voller Anmut. Sie trocknete Tränen, wischte verspritzte Farbe weg und machte jedem Kind angemessen Mut. Es war offensichtlich, dass sie eines

Tages für irgend jemanden eine ganz tolle Mutter sein würde.

Ich spürte, wie jemand an meiner Hose zupfte. Ich blickte nach unten und sah ein Mädchen mit pechschwarzen glatten Haaren, riesigen blauen Augen und einem roten Kleid mit Blumenmuster zu mir hochgucken.

»Ja?«, sagte ich.

»Ich muss mal«, sagte sie.

»Was musst du?«, fragte ich.

Sie drückte sich die Hand in den Schoß.

»Oh, ach so. Ahm .. hey, Sarah. Die Kleine hier muss mal auf die Toilette«, rief ich quer durch den Raum.

Sarah saß an einem Tisch und half einem dicken Mädchen mit ihrem Bild.

»Das ist Amanda. Kannst du mit ihr gehen?«, fragte sie.

»Du heißt also Amanda?« Ich sah wieder zu dem Mädchen.

»Hm-hm.« Sie nickte.

»Weißt du, wo die Toilette ist?«

»Natürlich«, sagte sie.

»Dann ab die Post.«

Sie packte meinen Finger und führte mich auf die Toilette. Es war eng, doch sie bestand darauf, dass ich mit reinkam. Dann machte sie die Tür zu. Ich war leicht panisch. Ich glaube nicht, dass ich jemals wirklich zugesehen hatte, wie ein Mädchen pinkelte.

Sie zog ihre Unterhose runter. Ich drehte mich um. Sie setzte sich auf die Toilette und verrichtete ihr Geschäft. Als sie fertig war, bat sie mich um Klopapier. Ich gab es ihr und war froh, dass das alles war, wofür ich gebraucht wurde.

»Danke«, sagte sie. Sie machte die Tür auf und sauste an ihren Tisch zurück. Ich war vollkommen fertig.

Ich setzte mich neben Sanger, weil ich dachte, dass wir vielleicht irgendwas gemeinsam hatten. Ich half ihm ein blaues Football-Feld zu malen, mit Yardlinien, Endzonen und allem. Als wir fertig waren, war er mordsstolz und rannte zu Sarah, um es ihr zu zeigen. Nach wie vor nur mit blauer Farbe und ein bisschen Schwarz, das ich mir für die Haare klaute, malte ich ein Fingerfarbenbild von Sarah. Ich nahm es und zeigte es ihr.

»Das ist schön«, sagte sie.

»Es ist für dich.« Über das Bild hatte ich in großen unbeholfenen Blockbuchstaben ihren Namen geschrieben.

»Danke. Davon habe ich schon ungefähr hundert«, sagte sie.

Sarah trat in die Mitte des Raumes und klatschte fünfmal rasch in die Hände.

»Okay, alle mal herhören. Zeit, die Farben wegzupacken und sich zum Mittagsschlaf fertig zu machen. Aber vorher hören wir noch eine Geschichte. Je schneller wir mit Aufräumen fertig sind, desto schneller gibt es die Geschichte.« Im ganzen Raum erhob sich missbilligendes Gemurmel.

»Und ratet mal, was?«, fuhr Sarah in dem Bemühen fort, die allgemeine Unzufriedenheit zu untergraben. »Wir haben heute einen ganz besonderen Vorleser. Heute wird euch William die Geschichte vorlesen.« Ich konnte spüren, wie sämtliche Kinderaugen meine Erscheinung musterten.

»Nein, nein«, sagte ich. »Ich bin wirklich kein großer Vorleser. »

»Jeder, der uns besuchen kommt, muss vorlesen«, sagte sie lächelnd.

Für einen kurzen Moment hatte ich die Vorstellung, dass der ganze Nachmittag ein bizarres Ritual war, dem sie alle ihre Ex-Freunde unterzog.

Die Kinder räumten den Raum auf und versammelten sich in null Komma nichts im Schneidersitz auf einem braunen Teppich vor einem Hocker. Sarah gab mir verschiedene Bücher und sagte, ich sollte eins aussuchen.

»Und dann? Soll ich mich einfach da hinsetzen und vorlesen?«, fragte ich, auf den Hocker zeigend.

»Ja, aber du musst auch über die Bilder reden. Sie mögen die Bilder.«

»Ist das eine gute Geschichte?«, fragte ich, nachdem ich ein Buch ausgewählt hatte.

»Sie sind alle gut«, sagte sie.

Ich setzte mich mit einem großen, bunten, quadratischen Buch auf den Hocker und starrte die Kinder an. Ich putzte meine Brille an meinem Hemd. Die Kinder zappelten rum und zupften sich gegenseitig an den Haaren. Eins hatte seinen Kopf in ein Bücherregal gesteckt. Sarah stand hinter den Kindern, blickte mich mit ihren Pflastern im Gesicht an und machte mir Zeichen anzufangen.

»Also gut, ihr Rabauken. Am besten beruhigt ihr euch alle ein bisschen, sonst kann ich euch das hier nämlich nicht vorlesen.« Aus irgendeinem Grund sprach ich mit einem leichten Südstaatenakzent. »Das Buch heißt *Vater Bär kommt nach Hause.«* Ich atmete tief durch. »Und die Geschichte heißt: ›Kleiner Bär und Eule.‹ Kennt ihr die alle?« Ich blickte in ein Meer von kleinen Gesichtern.

Amanda antwortete mir mit einem leisen »Ja«, aber die meisten anderen Kinder starrten mich nur argwöhnisch an.

»Na, dann wollen mir mal hoffen, dass sie gut ist.« Ich hielt das Buch hoch und zeigte auf die Illustrationen.

»Seht ihr, hier haben wir ein Bild von Kleiner Bär, nehme ich an, und es sieht so aus, als ob er sich das Foto von seinem alten Herrn anguckt, das da auf dem Tisch steht.« Ich wies auf die Einzelheiten der Zeichnung hin.

»Und seine Mutter kommt und redet mit ihm.« Ich war überrascht, dass sie mir tatsächlich aufmerksam zuhörten. Ich war sicher, dass jeden Moment einer von ihnen losquengeln würde.

Ich riss mich zusammen und fing an zu lesen.

»›Kleiner Bär‹, sagte Mutter Bär, ›kannst du mein Fischer sein?‹

›Ja, das kann ich‹, sagte Kleiner Bär.«

Ich lächelte Sarah zu, um sie wissen zu lassen, dass alles glattgehen würde. Sie machte mir Zeichen, dass ich weiter die Bilder zeigen sollte.

»Ah ja. Seht ihr? Das ist die Mama von Kleiner Bär. Man kann erkennen, dass sie seine Mama ist, weil sie eine Schürze anhat und so.« Ich dachte, Sarah würde vielleicht über diese letzte Bemerkung schmunzeln, aber sie saß nur da und wartete geduldig, dass ich weiterlas.

Ich blätterte die Seite um.

»›Gehst du zum Fluss und fängst uns einen Fisch?‹ fragte Mutter Bär.

»›Ja, das mache ich‹, sagte Kleiner Bär.«

Ich las weiter und zeigte die Bilder. Im weiteren Verlauf der Geschichte geht Kleiner Bär zum Fluss, wo er seinen Kumpel Eule trifft und einen mickerigen kleinen Fisch fängt. Kleiner Bär regt sich fürchterlich auf, dass sein Fisch zu klein ist, und sagt, er wünschte, er könnte so sein wie sein Dad und große Tintenfische fangen. Die Geschichte gefiel mir.

Ich blätterte um.

»›Ich weiß was‹, sagte Kleiner Bär. ›Wir können so tun, als ob ich Vater Bär wäre, und du bist du. Und wir fischen.‹«

Kleiner Bär und Eule fingen an, so zu tun, als würden sie einen Wal und einen riesigen Tintenfisch an Land ziehen. Ich blickte auf und sah Sarah an. Es war so gut, sie wiederzusehen.

Amanda unterbrach mich und fragte: »Bist du traurig?«

»Nein, nein«, sagte ich und sah zu ihr hinunter.

»Warum weinst du dann?«, fragte sie.

»Ich weine nicht, Amanda.« Das glaubte ich zumindest. Ich blätterte rasch die Seite um, und mein Herz fing an zu rasen. Ich bemerkte, dass meine Brille beschlug. Ich konnte kaum atmen.

»Seht ihr, das ist jetzt Kleiner Bär«, erzählte ich weiter. »Er stellt sich vor, dass er die schicken Sachen seines Vaters anhat, und – Was ist das da an der Angelschnur?«, fragte ich und zeigte auf das Bild von Kleiner Bärs imaginärem Tintenfisch.

»Hey, Mister«, sagte Sänger. »Es sieht aber so aus, als ob du heulst.«

»Nun, ich heule aber nicht.« Ich versuchte zu lachen, aber das half auch nicht weiter. Ich sah wieder Sarah an. Sie hatte ihr Kinn in die Hand gestützt, und ihre grünen

Augen sahen durch mich hindurch. Sie schenkte mir ein klitzekleines Lächeln.

Ich blätterte die Seite um.

Mutter Bär kam vorbei und entdeckte, dass die beiden nur so tun, als würden sie angeln. Kleiner Bär verteidigte sich.

»›Du wirst schon sehen. Wenn ich so groß bin wie Vater Bär, werde ich einen echten Tintenfisch fangen.‹«

Als ich das sagte, sackte meine Stimme um eine Oktave. Ich zwang mich weiterzulesen.

»Eule sagte: ›Kleiner Bär fischt sehr gut.‹

›O ja‹, sagte Mutter Bär. ›Er fischt wirklich sehr gut. Er ist ein echter Fischer, genau wie sein Vater.‹«

Das war das Ende der Geschichte.

»O Gott«, sagte ich. Ich musste zu Boden blicken.

»Die Geschichte ist doch gar nicht traurig«, sagte Sanger.

»Ja, ich weiß, aber es ist eine gute Geschichte, Mann, findest du nicht?«

»Die nächste ist besser«, sagte er.

»Das war's für heute«, verkündete Sarah. »Zeit, das Licht auszumachen und William zu beweisen, dass wir wirklich die bravsten Mittagsschläfer von Brooklyn sind.« Die Kinder fingen wieder an zu quengeln. Ich meinte, vielleicht ein paar Beschwerden über meine Lesekünste gehört zu haben, aber es war schnell vorbei. Langsam breiteten alle ihre Matten neben ihren Freunden aus und legten sich zum Mittagsschlaf hin.

Amanda wollte, dass ich zum Einschlafen ihre Hand hielt, und ein paar andere Kinder wollten dasselbe. Ich kam mir sehr beliebt vor.

Amanda bestand darauf, dass ich mit ihr ging. Sie führte mich zu ihrer Matte, und ich legte mich neben sie.

Bevor sie einschlief, flüsterte sie: »Ich finde die Geschichte auch traurig. Ich finde, alle Geschichten sind traurig.«

Ich schloss die Augen, und Tränen kullerten still über meine Wangen. Nachdem das Licht aus war, wirkte der Raum wieder wie eben, als ich gekommen war. Es war still, und alle Farben wirkten gedämpft. Ich war erschöpft.

Als die Kinder schliefen, kam die ältere Frau und gab Sarah grünes Licht, dass wir jetzt gehen könnten.

Wir wollten uns gerade aus der Tür schleichen, als Sanger aufstand und zu mir kam.

»Bist du noch da, wenn ich aufwache?«, fragte er.

»Ich glaube nicht«, sagte Sarah. »Und jetzt, husch, husch, weitergeschlafen.«

»Mein Dad glaubt nicht, dass die Jets den Super Bowl gewinnen, aber ich schon«, sagte er.

»Sie haben eine genauso gute Chance wie alle anderen«, erklärte ich ihm.

Sanger hielt mir die Hand hin, und ich schüttelte sie. Seine Finger waren ganz klein, und ich konnte seine sich herausbildenden Knochen spüren. Er drehte sich um und stolzierte zu seiner Matte zurück.

Sarah und ich schlüpften nach draußen und gingen zur Rückseite der Kirche. Etliche Menschen spazierten in ihrer Mittagspause über die kleine Promenade am East River. Wir gingen ein paar Minuten nebeneinander her. Der Wind wehte in kräftigen Böen über den Fluss. Sarah musste beim Gehen mit beiden Händen ihren Rock festhalten, damit er nicht hochflatterte.

»Ich habe eine Stunde«, sagte sie. »Möchtest du reden?«

Ich dachte eine Weile darüber nach.

»Weißt du was? Ich glaube, ich gehe nach Hause«, sagte ich.

»Bist du sauer?«, fragte sie.

»Nein, ich bin nicht sauer. Ich bin einfach nur müde, und ich weiß nicht, ob es viel zu sagen gibt.« Ich war nicht sauer.

»William«, sagte sie. Ihr Haar tanzte im Wind über ihrem Kopf. »Ich wollte nur, dass du kommst und siehst, wo ich arbeite. Ich hatte immer den Eindruck, dass du eine vollkommen falsche Vorstellung davon hattest, wer ich bin. Ich bin kein fantastisches Wesen, verstehst du? Ich bin bloß eine Kindergärtnerin.«

Ich fing an zu lachen.

»Was?«, fragte sie. »Worüber lachst du?«

»Nichts«, sagte ich und schüttelte den Kopf.

Sie sah mich an wie immer, als würde sie mir kein Wort glauben.

Der Wind rauschte wie wild in den Blättern der Bäume. Sarah sagte etwas, was ich nicht verstand.

»Ich sagte: ›Du bist ganz toll mit den Kindern umgegangen‹«, wiederholte sie.

»Das war kein Problem«, sagte ich.

»Was?«, fragte sie und blieb stehen.

»Es hat mir Spaß gemacht«, sagte ich lauter.

Ich lehnte mich ans Geländer und blickte aufs Wasser. Ich hatte immer gehört, was für ein müllverseuchtes Drecksloch der East River sein soll, aber vom Ufer in Brooklyn aus macht er einen großartigen Eindruck.

Der eigentliche Abschied war schwierig. Eine Umarmung oder ein Händedruck wären albern gewesen, also küsste ich sie auf die Wange. Ihre Haut war weich, und eine Sekunde lang erinnerte ich mich daran, wie sie roch und schmeckte. Doch darüber wollte ich nicht länger nachdenken.

Irgendwann drehte ich mich um und sah ihr nach. Sie hielt ihren Rock noch immer mit beiden Händen fest, und ihr Haar tanzte über ihrem Kopf. Ich konnte ein Pflaster an ihrem Ellenbogen erkennen.

Ich drehte mich um und machte mich auf den Heimweg. Der Wind blies mir frisch ins Gesicht. Ich dachte an meine Lieblingsbeschäftigung, als ich so alt war wie Sanger. Ich war immer auf die Straße gegangen, zwischen all den Menschen herumgewandert und hatte mir vorgestellt, ich wäre ein Waisenkind. Das hatte sich immer gut angefühlt, und das tat ich jetzt wieder, dort am East River.

Danksagung

Zunächst möchte ich mich bei Jennifer Rudolph Walsh bedanken, dafür, dass sie Bier getrunken, langsam geredet und wider besseres Wissen eingewilligt hat, einen Schauspieler zu vertreten. Weiterhin gilt meine Dankbarkeit Austin Pendleton für seine inspirierende Garderobe und seine Outlaw-Philosophie; Nicolette Burdette; Patrick Powers, dem heiligen irischen Dichterhelden von New Jersey; Captain Patrick Powers Jr. und Miss Heather Powers, der Ersten; den Niagras, die immer alles gegeben haben; Helen Childress, die lange aufgeblieben ist und zugehört hat; Richard Linklater – für dich kein netter Spruch – einfach nur danke; Fred Leebron, dafür, dass er ein echtes Ekel gewesen ist und diese Geschichte aus irgendeinem Grund immer wieder aus meiner Schublade hervorgekramt hat; dem Geist und den Menschen der Malaparte Theater Company; Danielle Beach; Susan Dineen; Dr. Anthony Zito und Brian Lourd. Meinen Freunden Jason, Josh, Bob und Frank. Und Jonathan Marc Sherman, die Underground-Inspiration für ganz Manhattan – ya, ya, the clown – das Mastermind hinter Jimmy Bonaparte, Nachteule, Kreuzzügler für die Rechtschaffenen und Dekadenten, ich danke dir, dass du mir alles gezeigt hast, was ich kenne.

Jorda Pavlin kann ich gar nicht genug danken.

Ein besonderes Dankeschön geht an meinen Vater James Hawke, der die Bürde angenommen hat, die ein Sohn mit sich bringt, der von einem Leben als Künstler träumt. Und schließlich danke ich meiner Mutter Leslie Green Hawke, der verlorenen Prinzessin von Abilene, Queen of the River und Schutzheiligen meines Lieblingsvogels, der Lerche.

Weitere Titel von Ethan Hawke bei Kiepenheuer & Witsch

Ethan Hawke. Aschermittwoch. Roman.
Taschenbuch. Verfügbar auch als eBook

Jimmy steht vor der größten Herausforderung seines Lebens: Seine Freundin Christy erwartet ein Kind und stellt auf einmal alles infrage. Auf einer ereignisreichen Autofahrt von New York nach Houston ringt das junge Paar leidenschaftlich um eine gemeinsame Zukunft und macht sich auf den Weg, eine Familie zu werden.

Ethan Hawke. Regeln für einen Ritter.
Leinen gebunden. Verfügbar auch als eBook

Anleitung für ein aufrechtes Leben – im Gewand eines mittelalterlichen Handbuchs für Ritter, versehen mit feinen Zeichnungen, erzählt der Autor und Schauspieler Ethan Hawke eine bezaubernde Geschichte, die uns erkennen lässt, worauf es wirklich ankommt im Leben.